D1014066

Amor y otros suicidios

FICCIÓN

Este libro se realizó gracias al
apoyo del Sistema Nacional de
Creadores de Arte del FONCA

Amor y otros suicidios
Primera edición, marzo de 2012

D. R. © 2012, Ana Clavel
D. R. © 2012, Ediciones B México, S. A. de C. V.
    Bradley 52, Anzures DF-11590, México
    www.edicionesb.com.mx
    editorial@edicionesb.com

ISBN: 978-607-480-295-5

Impreso en México | *Printed in Mexico*

ANA CLAVEL

Amor y otros suicidios

Barcelona · México · Bogotá · Buenos Aires · Caracas
Madrid · Miami · Montevideo · Santiago de Chile

Lo que la Esfinge no le preguntó a Edipo:
«¿Cuál es la pasión que tiene
cuatro patas por la mañana,
dos al mediodía y tres por la tarde?»

Lo que la Serpiente no le dijo a Eva:
«Comed del amor y seréis eternos
—pero sólo por un pequeño instante»

DESPUÉS DEL PARAÍSO

SUPE QUE SE TRATABA de un día inusual desde que vi el globo azul posarse ante mis pies como una caricia del viento. Redondo y pleno era la manifestación de un símbolo o una señal. Sentí la tentación de inclinarme a recogerlo pero entonces, la fracción de segundo que dura una duda, el globo siguió su camino, su flotación ligera, y se posó frente a la entrada de mi vecina. Ella salía a dejar a su pequeño a la escuela y sin miramiento alguno lo enfrentó. El globo azul cedió a la violencia del ataque y reventó bajo una llanta. Mi vecina se alejó mientras yo me acercaba al agonizante. Lo tomé entre las manos como el despojo de un deseo y, triste, lo arrojé a una alcantarilla.

No quise pensar más en el asunto pero el globo volvía a inflarse en mi memoria negándose a morir. Me imaginaba camino al trabajo con el globo azul en las manos, la cara del vigilante para embromarme al decir que aquel no era el Día del Niño, la expresión burlona de Marita y de mi jefe: «¿Dónde fue la kermés?»

(En realidad, no habría habido ninguna expresión de mi jefe, quien sólo me habría mirado con un gesto de obtuso desdén.)

Subida al metro no cesaba de suponer las dificultades para mantener la integridad del globo azul entre toda aquella gente, pero por más razones que esgrimiera una parte de mí sabía que todo aquello eran excusas: me había negado a levantar el globo, a recoger su ilusión perfecta y correr el riesgo de que cambiara mi vida.

Todo mundo sabe que la vida está llena de trivialidades, hechos menudos y rutinarios. Un polvo que se acumula a diario sobre nuestros corazones. También, de alguna manera, todo mundo espera que entre ese mar de situaciones que llamamos «vida diaria», estén las oportunidades del azar, la suerte, esa lotería instantánea que no es otra cosa que el momento de intersección donde nuestros actos encuentran su correspondencia con la circunstancia. Entonces se desencadena una maquinaria invisible: el cambio que podría llevarnos a otra vida, el puente para dejar atrás lo que fuimos y transportarnos a una inalcanzable felicidad.

Mi jefe me ha sorprendido revolviendo irreflexivamente su café. He percibido una brizna de odio en su mirada: con cada vuelta de cuchara su café ha terminado por entibiarse. Me ordenó que le sirviera de nueva cuenta uno, pero en sus palabras («Felisa, tráigame otro café… y no lo revuelva tanto») han surgido feroces los colmillos de la posesión: «Mientras trabaja, usted y sus pensamientos, usted y cada una de sus secreciones, todo lo que salga de usted, me pertenece solamente a mí».

¿Cómo decirle que soy yo la que lo tiene aprisionado en el globo azul, como un genio malhumorado que tal vez sueña con un anuncio espectacular donde un hombre joven y vigoroso se vuelca incontenible sobre una mujer que reposa en una playa paradisíaca?

No ha terminado de transcurrir la mañana —apenas el segundo café de mi jefe y la junta de programación semanal de los gerentes— y entonces el globo azul vuelve a dar señales de vida. Desde el conmutador de nuestro piso, Marita me hace señas para que tome una llamada.

—Qué voz más sexy… Cómo se nota que ya tenemos nuevo galán —me dice antes de enlazarme con el desconocido.

Se trata de Miguel. Mi primo. A quien he visto muy escasamente en los últimos años. Sólo alguna fiesta familiar o un fugaz encuentro en casa de sus hermanas cuando tanto él como yo, sin proponérnoslo, estamos de visita en la vieja casa de la Condesa. Me ha pedido vernos. Va a vivir en el extranjero. De la empresa de telefonía donde trabaja, lo envían a la matriz de Barcelona.

—O sea que Mariana y los niños estarán dando de brincos…

Su voz se torna más grave:

—No, ellos no van conmigo. Mariana y yo nos estamos divorciando.

¿En qué momento nos apartamos de la gente realmente importante de nuestras vidas? Como si una
puerta se clausurara y después ya no supiéramos ni
siquiera que esa puerta existía y que conducía a un
lugar. Un lugar amado por cierto: la parte inferior
de mi cama adonde Miguel y yo nos escondíamos
a jugar, cómplices y ajenos a la mirada de mis hermanos y de sus hermanas. Al principio se trataba
de juegos inofensivos (contarnos historias de terror,
pegar estampas en el álbum de estrellas de la televisión que coleccionábamos); después, esos otros juegos
de la piel tan comunes en las historias privadas de las
familias, que más allá de los tabúes y las prohibiciones
tienen su origen en la pureza: dos cuerpos nuevos
que se tocan y se descubren y se reconocen. Es que
desde el principio de los tiempos, el placer siempre
ha comenzado por el tacto. La piel que se incendia
y cuyo goce es el más profundo de los saberes. Un
saber que no nos abandonará jamás: aún puede qui-
tarme el aliento el recuerdo de su verga erecta sonriendo en la comisura de mis nalgas.

Nunca supe cómo nos descubrieron pero a veces he
pensado que los celos de mis hermanos o la envidia de
mis primas tuvieron que ver con la acusación. Sí, así
fue como se clausuró la puerta. Avergonzados ante el
resto de la familia, salimos expulsados de ese paraíso
de debajo de la cama para ya no reencontrarnos jamás.

Apenas he tenido tiempo de pasar al súper para ofrecerle algo de cenar a Miguel. Fue como si mi jefe

hubiera percibido la inquietud con que miraba el reloj que cuelga a espaldas del escritorio de Marita. El caso es que, cinco minutos antes de la hora de salida, me ha pedido un inusual reporte de ventas por correo que ni siquiera es de nuestra área.

—Felisa… —me dijo entrecerrando los párpados como si apuntara con una escopeta en el tiro al blanco de una feria—. El reporte lo quiero mañana mismo a primera hora.

El tiro al blanco por supuesto no es una diana común y corriente, sino un círculo de globos blancos en cuyo centro luce pleno, perfecto, aún intocado, un globo azul.

Y he acometido la tarea asignada a sabiendas de que no podría terminarla a menos que cancelara la cita con Miguel. Pero entonces, el tiempo justo para pasar corriendo al súper y llegar al departamento antes que mi primo, he abandonado el reporte a medias. Mañana y la oficina y el remedo de Jehová de mi jefe resultan universos tan lejanos y prescindibles como todo aquello que, de súbito —un pinchazo que libera la presión del globo—, deja de tener importancia.

¿Cómo atreverse a desear cuando se ha arrojado la lámpara mágica en algún lugar del camino?

¿Cómo arriesgarse a hacer realidad ese deseo cuando se está sitiado en el interior del miedo, la respiración tan silenciosa para que los demás no se percaten que aún permanecemos vivos, el cuerpo rígido como un sarcófago de uno mismo?

Pero ha bastado la ilusión del globo azul para salir de la caverna, saber que si no lo tomo entre mis manos volverá a perderse esta vez irrevocablemente. Miguel se ha mostrado sorprendido al escucharme decir sin mayores preámbulos una vez que ha traspasado el umbral de mi departamento:

—Vamos a la recámara. De pequeña no me dejaron decidir. Pero ahora te digo: terminemos lo que nos quedó pendiente.

Confieso que no fue la Felisa de los últimos años la que dijo esas palabras. Tampoco la que ha tomado la mano de Miguel para guiarlo hasta el final del pasillo. Con esa otra yo, con sus palabras en mi boca, podría bromear:

—¿Prefieres encima o nos metemos debajo de la cama?

Ahora todo es incierto. Apenas amanezca sabré si es posible sobrevivir al paraíso.

EN UN VAGÓN
DE METRO UTOPÍA

Para Ahumada

H ABÍA ESCUCHADO HISTORIAS en torno al metro desde que era yo un muchacho. Que si tomas el primer convoy del año nuevo y te sitúas en el vagón inicial, tras la cabina del operador, vislumbrarás en la penumbra subterránea los momentos cruciales de tu vida futura como si los estuvieras viendo suspendidos en una bola mágica. Que si tomas el último tren un día 13 de agosto, día de la caída de Tenochtitlán, en la estación Insurgentes rumbo a Pino Suárez, podrás descender a la ciudad subterránea y contemplar sus canales ocultos y sus pirámides invertidas —aunque el precio pueda ser muy alto: terminar con el corazón fuera del cuerpo, arrojado por las escalinatas del gran templo…

Por supuesto, historias de gentes que se conocen y se descubren; también gentes que se pierden y se olvidan. Historias de personas que han nacido ahí y que llevan colgada una medallita de la Virgen del metro; lo mismo que el escapulario del Apóstol Judas del metro que portan aquellos deudos de quienes ahí han fallecido por percance, por asalto a mano armada, o por impulso propio... Cómo olvidar la historia de Belén, aquella niña que se perdió en una multitud el día de Navidad y que sus padres reconocieron años después, en una versión de verdadera telenovela, por el triángulo de lunares en su baja espalda cuando posó, ya bien formada en carnes, para una revista del espectáculo. Pérdidas, sorpresas, regalos de Navidad hay muchos, pero ya hablaré del asunto cuando me refiera a las Chicas Santa Clos del metro.

No creo exagerar si afirmo que el metro de la ciudad es como un sistema arterial de leyendas, deseos, temores colectivos. Claro que también está la experiencia personal, momentos en los que la vida propia se entrevera con jirones del azar. Recuerdo uno especialmente significativo en mi propia historia: una pareja de jóvenes que viajaba en dirección a Universidad. Yo mismo iba por esos días a Ciudad Universitaria antes de abandonar la carrera para emplearme en un despacho de arquitectos porque Leonora había quedado embarazada. Eran como de mi edad y para ellos, que se hallaban en un extremo del vagón, el mundo no existía. Sólo sus manos. Sus manos que se tocaban como gazapos de piel nueva y sensible. Sólo se acariciaban las manos pero era como si se estuvieran hurgando en lo más íntimo; como si cada dedo, cada yema, cada monte, cada pliegue estuviera imantado de un aura de sexualidad desbordante. Era sutil pero a la vez tan fehaciente que una señora que regresaba con sus hijos de la escuela, les llamó la atención: «Para eso están los hoteles…», les dijo, y provocó que la muchacha retirara la mano de la guarida en la que la tenían presa las manos de su compañero, y ambos bajaran avergonzados en la siguiente estación.

Aún recordaba el placer cifrado en el amasijo de aquellas manos palpitantes, cuando me encontré con Leonora en el salón de clases. Entonces, sin pensarlo siquiera, me senté tras ella y le tomé la mano, colocándola a sus espaldas, completamente indefensa entre las mías, mientras el profesor en turno peroraba sobre los contrapesos de los puentes atirantados. Al principio, sólo sintió cosquillas y su risa provocó que el profesor dirigiera una mirada reprobatoria en nuestra dirección. Pero poco a poco fue soltando la mano, dejándola inerme a mis contactos y caricias. Yo me encontraba tan embebido en la irradiación agradable provocada por tales roces, que no percibí lo que le producían a ella. Entonces sucedió: un chasquido como de un dulce que se ha traído en la boca y que de pronto es imposible dejar de saborear, seguido de una exclamación inequívoca de goce. El profesor y el salón entero se volvieron a vernos: miradas de asombro, sorpresa, malestar, franco enojo. Y por un momento, con el bulto de la entrepierna amenazando estallar, entendí por qué la mujer que regresaba con sus niños de la escuela les había espetado a los muchachos de las manos su frase rencorosa: «Para eso están los hoteles…»

Y precisamente a un hotel nos dirigimos Leonora y yo, apenas terminó la clase. Claro, al hotel más cer-

cano que nuestros presupuestos de estudiantes nos
permitían pagar, aunque estuviera en otro punto de
la ciudad, pero la espera —esas estaciones del metro
que se cruzaron en nuestro recorrido por la línea
de Tlalpan— no provocó sino que el deseo se acre-
centara. Y tanto que, recién llegados a la habitación
—la ropa apenas entreabierta, los abrazos febriles,
los contactos hambrientos—, el condón no resistió
esos embates y se nos rompió. Aún así, Leonora
me apremió a que continuara: «No te preocupes,
Lobito, no estoy en mis días fértiles...», me dijo
jadeante.

Nueve meses después nacería Julia, nuestra primera hija. Qué bueno que Leonora no estaba en sus
días fértiles, me dije resignado cuando me dio la
noticia de que nos habíamos sacado el premio, porque
de haberlo estado seguro hubiéramos tenido mellizas
o tal vez triates. Y todo por un juego de manos en
un vagón del metro.

Lobito, me dice Lobito porque le gusta fantasear con
la idea de que es una Caperucita Roja cuando se sienta
en mis piernas, aunque hayan pasado algunos años y
yo ya no sea tan feroz, ni ella tan cría. En la cama, me
sigue despertando cuando estoy exhausto del trabajo
de la oficina, de recoger a los niños de los cursos de
la tarde, de codiciar a las mujeres que se cruzan a mi
paso. Me dice, colándose por debajo de las sábanas en
dirección a mi sexo: «Lobo, Lobito, ¿estás ahí?». Pero
últimamente el lobo está en otra parte.

Hay cosas que se hacen por azar y otras de manera deliberada. Desde que los niños entraron al colegio, las fiestas del calendario escolar son plomadas que hacen gravitar el plano de mis días. El periodo vacacional de verano marca el envío de los chicos con los abuelos en Guadalajara y al menos un par de semanas en que el lobo vuelve a aullar a sus anchas. En cambio las vacaciones de Navidad me empaquetan como regalo familiar directo a la casa de los suegros en Michoacán. Leonora y los niños suelen adelantarse y tomar un ómnibus en la terminal Observatorio. En el despacho sólo me dan una semana de asueto que abarca hasta el año nuevo, por eso, ahora, con todo y aguinaldo, voy en el metro en busca de los regalos faltantes para llegar a la reunión familiar aunque sea como un Santa Clos retrasado porque uno de sus renos no quería jalar. Sé que no son tiempos para fiarse de la buena voluntad del prójimo, que los robos abundan en esta época del año y más en una ciudad que se nos ha vuelto un campo de batalla agazapado… pero qué remedio, no me dio tiempo de depositar en el banco.

No sé qué me habrá comprado Leonora en esta ocasión, aunque puedo imaginarlo: un obsequio para ser exhibido delante de todos, una corbata, un suéter de lana, un cinturón. Antes, sin que hubiera necesidad de un aniversario o una fecha especial, acostumbraba darme sorpresas más divertidas: disfrazarse de conejita de *Playboy,* reservar una noche en un hotel con jacuzzi, comprarme un anillo vibrador, pedirme que le hiciera el amor en un parque de noche. Pero últimamente ha comenzado a repetirse, como si sólo supiera jugar a la Caperucita y el Lobo, o cuando más, a la Bella Durmiente —si bien debo reconocer que aunque todavía bella cada vez más durmiente—. Tampoco es que la culpe. Sé que está cansada. Desde que nos casamos ambos hemos tenido que trabajar a la par y, aunque le echo la mano con la casa y los niños, lo cierto es que le demandan más atención y energía que a mí. Sólo que antes, de los dos, ella había sido la más inventiva. Ahora, en cambio, Leonora es un poco más como yo: más quieta, más apaciguada, pero ignoro si por dentro se la pasa urdiendo fantasías.

Tampoco es que yo imagine muchas fantasías. Tengo a mi estrella en turno, según las series de televisión, las películas más taquilleras, los escándalos del mundo del espectáculo, y la arreglo y la visto como si fuera una muñeca, completamente a mi antojo, y la hago hacer y decirme... cosas. Así de simple. Pero cuando se acercan las fiestas de fin de año, mi pequeño teatro erótico personal cede su espacio a las Chicas Santa Clos del metro. No sólo fantaseo con ellas, debo admitir que desde que me enteré que cada Navidad irrumpen en un vagón haciendo las delicias de unos cuantos, año con año he probado a merodear en los trenes, alternar líneas y horarios, permanecer más tiempo en los andenes a la espera de atisbar algo.

No sé qué tiene de mágico, de verdadero regalo navideño, con esa ilusión cándida y desmedida de la infancia, el que sea al azar y en el metro, y que las probabilidades sean tan remotas. Pero desde que me enteré, en vez de colocar el dato como uno más entre las anécdotas de ese sistema arterial de leyendas, deseos y temores que es el metro, le he hecho un sitio muy especial en mi teatro imaginario. Y como un chiquillo, me he puesto a pedir desde un rincón muy recóndito en mi interior, ese donde me asomo a la fuente de los deseos con devoción, donde cruzo los dedos de manera inmediata, donde me arrodillo como el chamaco que alguna vez hizo su primera comunión y se creyó en contacto con el corazón de Dios, desde ese lugar pido que me suceda a mí.

Pero la realidad suele ser abrumadora. Llevo ya cinco años preparándome para este advenimiento y todavía no ocurre nada. Lalito cumplía siete años cuando me enteré y ahora está a punto de terminar la primaria. Supongo que en buena medida, tampoco deseo que suceda. El que se trate de un deseo sin cumplirse, que se posterga cada año, le da un brillo especial a la temporada, habitualmente plagada de costumbres y ritos de sobra conocidos: la iluminación de las calles del centro, los árboles navideños, los nacimientos, el bacalao, el pavo casi siempre reseco.

Sé que son varias y son hermosas, a la medida de los sueños que cada metronauta podría tener: está la rubia espectacular, la trigueña exótica, la pelirroja delicada. Aunque a veces, las acompañan la asiática sumisa y provocadora y hasta una mulata de movimientos de pantera. Las llaman las Chicas

Santa Clos no sólo por las fechas en que hacen su aparición y su acto. También por el disfraz que portan: traje rojo ajustado por un cinturón negro, con orlas blancas en las orillas de la falda diminuta y el cuello escotado, botas negras y, por supuesto, un gorro como el que suele usar san Nicolás cuando reparte regalos montado en su trineo. Y como su santo patrón, son caritativas: entran en un vagón cualquiera y durante el recorrido de una estación a otra obsequian regalos que van desde una sonrisa para las mujeres, que casi siempre las miran desdeñosas, o un arrumaco a los señores, hasta un juguete para los niños, que extraen de alguno de los sacos que suelen llevar consigo.

Se sabe también que a horas más tardías los espectáculos comienzan a subir de tono, y cuando los vagones están casi sólo ocupados por hombres, inician un ritual de *striptease* y hasta rutinas de tubo aprovechando los que se encuentran ahí para sujetarse. Entonces se dilatan en salir del vagón, y he escuchado decir que los recorridos en su compañía trascurren durante varias estaciones ante el asombro de los nuevos viajeros que, recién llegados, agradecen el golpe de suerte que los ha llevado a ese encuentro clandestino y subyugante. Por supuesto, la caridad cristiana de las chicas no está exenta del disfrute propio, tanto al dar un obsequio como al prodigarse en las miradas hambrientas de ese público que en vez de aplaudir —nadie querría que, alertados por el ruido, los vigilantes del metro se las llevaran a la fuerza—, se mantiene embobado, extasiado, alelado por sus desbordantes encantos.

He buscado refugio en un Sanborns cercano al metro Etiopía. Después de recorrer tiendas de autoservicio, un par de plazas y varios comercios de equipo electrónico, por fin he encontrado los encargos de Julia y Lalito que esperan de Santa Clos tecnología de punta en juegos y comunicaciones, por más que ya sepan que son sus padres quienes jalan el trineo del gordo. Me ha atendido una muchacha morena y delgadita con el característico uniforme de calabaza poblana de las meseras de Sanborns. Apenas me ha visto llegar con mis bolsas de regalo y ya me sonríe divertida mientras me pregunta:

—¿Qué va a tomar Santa Clos antes de irse a repartir sus regalos?

Y al inclinarse para darme el menú, atisbo sus senos apretados insinuándose bajo la blusa blanca y un poco translúcida. Cuando vuelvo a mirarla a los ojos, me doy cuenta de que me ha visto hacerlo y que le agrada mi deseo porque me sonríe condescendiente y divertida.

—¿Alguna sugerencia? —le pregunto pensando si tendrán una mesera como ella a la carta, recostada y a disposición con las piernas desnudas al aire como un pollito de leche en vez del apabullante pavo navideño.

Pareciera que la muchacha ha escuchado mi pensamiento —o tal vez ha identificado esta gula de lobo que no tiene nada que ver con los alimentos convencionales— porque vuelve a sonreírme, pero esta vez levemente sonrojada. Decide atajar por lo sano y me responde:

—¿Qué tal unos romeritos?

Acepto y le encargo también una cerveza. La veo alejarse y reparo en la poca gente que hay en el lugar. Seguro más tarde llegarán otros a cenar el menú navideño, a brindar con sidra o un vino nacional. Salvo por las guirnaldas y los adornos, nadie diría que hoy es Navidad, sino un día como cualquier otro, con su carga de rutina habitual, nada que ver con la violencia que anuncia a ocho columnas el periódico que un señor está leyendo en una mesa cercana: «Aumentan 90% los plagios en el país».

Por fin regresa mi chica con una charola en el brazo. Al servirme, vuelve a inclinarse y sus senos que son dos apretados regalitos navideños me arrancan otra vez la sonrisa involuntaria. Puedo también imaginar su vientre aterciopelado y sus caderas de curvas delicadas debajo de toda esa campana del uniforme y, tras una rápida evaluación, pienso que bien podría actuar como una de las Chicas Santa Clos del metro, ceñirse sin problema el estrecho disfraz rojo, calarse las botas y subir una de sus piernas que adivino gloriosas y flexibles sobre mi muslo que sólo de imaginar su peso liviano comienza a temblar de excitación. Como tiene el pelo recogido en una cola de caballo, podría soltárselo para enfundarse el gorro y quedar perfecta con el cabello derramándosele sobre los hombros, antes de ofrecerme sus senos para que los acaricie por encima del traje. Adivino que estarán desnudos debajo de la tela, sin el estorbo de sostén alguno, por si me decido a bajarle el cierre para sorberle los pezones oscuros. Y si hago descender el cierre hasta la zona del sexo —el traje es de una sola pieza, claro—, descubriré que tampoco lleva pantaletas, y sí ese lunar que tiene cielito lindo junto a la boca… Lo mismo que el vello del pubis, ensortijado y a estas alturas ya francamente húmedo. No dice nada, pero sus labios que chasquean de gozo son la señal ineludible para acercar mi boca a su abertura.

—¿Todo bien? —me dice mi Chica Santa Clos disfrazada de mesera de Sanborns al contemplar que casi no he tocado el plato de romeritos.

—Delicioso —le respondo con una exhalación profunda—. El mejor platillo navideño en años…

Algo se debe transparentar de mis emociones porque la chica en cuestión me dice un tanto provocativa:

—Pues sí que lo tenían hambriento…

Le doy la razón: hambriento como un lobo enjaulado. Recuerdo a Leonora y a los niños. Si no me apuro no podré llegar a tiempo a la terminal para tomar el autobús. Ni tiempo me va a dar para recoger algo de ropa antes. Ya me las arreglaré allá. Le pido la cuenta a la chica y me apresuro a dejarle una buena propina y devolverle sus regalos a su sitio —el par de globos hace un momento aterciopelados de rojo y ahora otra vez uniformados de blanco.

Aquí vamos: yo, mi lobo y mi niño ilusionado que no cree pero aún espera a Santa Clos y los Reyes Magos. Las puertas del vagón se abren. Metro Etiopía con su cabeza de león africano. Metro Utopía con mi cabeza de lobezno en otro lugar. Y es que podrían entrar precisamente ahora. Ser ellas las que me empujan con sus carnes bien montadas y no esta señora que me apremia porque necesita descargar su cansada gordura en uno de los lugares vacíos.

Mientras el convoy avanza las contemplo recién llegadas, generosas y más sugestivas que en otros sueños. Podrían ser tres: una trigueña exótica, una rubia espectacular y una asiática sumisa y a la vez provocadora. Las tres llevan sus trajes entallados de terciopelo rojo ribeteados de orlas blancas, el cinturón que les ciñe las caderas portentosas y las botas negras que enmarcan unos muslos trepidantes, el simpático gorro que contiene las cabelleras juguetonas. Extienden sus sacos ante la mirada de los escasos metronautas, invitándolos a tomar los regalos que llevan dentro.

Al acercarse a mí que voy sentado en una de las butacas, solitario como en un trineo, no me ofrecen obsequio alguno. Se colocan a mi alrededor como renos dóciles, levantan ligeramente las faldas breves y me ofrecen por turnos el espectáculo desbordante de sus traseros desnudos. No puedo evitar aullar de placer cuando la asiática de modales tímidos me toma la mano para acariciarse el pubis rasurado y yo siento en la punta de mis dedos los pétalos tersos de un capullo. De pronto, la Chica Santa Clos rubia me abre el pantalón. Al hacerlo también restriega sus senos espectaculares en mi cara. La oriental se vuelve hacia mí, se arrodilla a mis pies y comienza a lamerme como una niña golosa con su helado. Frente a mí la trigueña separa las piernas —las botas negras sobre el asiento, el traje abierto en flor— y aparta la selva del pubis y se acaricia hasta conseguir del botón del clítoris un guiño tornasol que termina por cegarme. Sólo el oscuro placer, iluminado por relámpagos y estallidos de fosforescencias siderales.

No he podido terminar de recuperarme cuando por fin entran. Sin lugar a dudas, son hermosas, aunque diferentes a como las he soñado. Rudas, ligeramente hostiles, los bocas azules, *piercings* en cejas y labios. Las tres llevan trajes entallados de terciopelo negro ribeteados de orlas blancas, el cinturón que les ciñe las caderas portentosas y las botas negras que enmarcan unos muslos trepidantes. Una de ellas, porta un tatuaje en el brazo con una leyenda: «Soy tu peor pesadilla». Extienden sus sacos ante la mirada de los escasos pasajeros, de donde acaban de sacar unas pistolas de escuadra, urgiéndolos a entregar las billeteras.

La del tatuaje, que me ha visto mirarle las piernas a sus compañeras, me apunta con una sonrisa burlona y me ordena:

—Órale, cabrón, o ¿necesito decirte que esto es un asalto navideño?

PRÓXIMA VISITA A FLORENCIA

CUANDO DESPERTÓ, Ava estaba a su lado acariciando al terranova de su tío Alfonso. Su figura culebreaba como una llama bajo el traje de baño dorado y negro. Adrián percibió de nuevo aquel aroma suave y astringente que había invadido su sueño. «Manzanas», se dijo y paseó la mirada por los árboles frutales de la finca sin divisar ningún manzano. Ava lo distrajo de sus pensamientos. Ahora se alejaba, de espaldas a la alberca, y el terranova la seguía en dos patas. Al principio, Adrián creyó que la joven llevaba algo en la boca (una golosina, un pedazo de pan) y que por esa razón Argos la seguía como perro de circo. Pero ella no llevaba más que el gesto de abultar los labios y aquella mirada que se escondía un poco por la cara levantada, pero fija en la obediencia del can. Alguien gritó de pronto: «¡Cuidado…!» De reojo, Ava atisbó el azul luminoso del agua y desvió el cuerpo. Argos hizo el intento de apoyar las patas delanteras en el borde de mosaicos, pero la inercia lo precipitó al agua. Un par de invitados del tío Alfonso, medio cuerpo dentro del agua, que fumaban y daban tragos sedientos a sus respectivos jaiboles, se apresuraron a salir mientras Argos ensayaba a placer su casi olvidado nado de pecho.

—¡Bravo! —gritó un hombre atrás de Adrián—. Hasta que le tocó un baño a ese pulguiento.

Un señor, de impecables pelo y bigote oscuros, se reunió con la muchacha.

—¿Qué hay, encanto? —el hombre le tomó una mano—. Ya me contó Lilia que te gustan los animales. ¿Qué vas a estudiar entonces? ¿Veterinaria?

La joven, condescendiente, le dejó la mano mientras miraba hacia su madre. Lilia, sentada a la sombra de una de las mesas con parasol que rodeaban la piscina, encogió la mirada: sus dientes quedaron al descubierto en un gesto que no se decidía a ser una sonrisa o un gruñido.

—Anda… —insistió el hombre—, dile al tío Alfonso qué tienes pensado estudiar.

—No lo sé… —Ava terminó su respuesta con el boceto de una sonrisa. Don Alfonso siguió tomándola de la mano mientras la conducía hasta la silla plegable donde se hallaba recostado Adrián.

—A ver muchacho —dijo—. Aquí tienes a Eva. Eva, éste es mi sobrino y heredero, Adrián. Anda, muchacho, cuéntale a este encanto cómo es que tú ya escogiste carrera. Yo voy a sacar a ese perro del agua. O tal vez sea mejor vaciar la alberca… de todos modos quién se va a querer meter.

Apenas vio acercarse a su señor, Argos nadó en sentido contrario y de un salto abandonó el agua. Don Alfonso le ordenó alejarse, pero él se sacudió con desgano para luego trotar hasta la muchacha y echarse a sus pies. Una sonrisa plena coloreó el rostro de la joven.

Eva y Adrián se miraron frente a frente por primera vez. Él avistó la esplendidez de sus carnes apenas contenidas por la piel ya tostada y el incendio del traje de baño. Ella, en cambio, vislumbró el cuerpo inocente de Adrián a pesar de la nuez de la garganta y la incipiente mandíbula.

—Bueno… —comenzó a decir ella mientras se sentaba a su lado—. Tú puedes llamarme Ava.

—No entiendo… —alcanzó a balbucir Adrián.

—Sí, Ava, como la actriz. ¿La conoces, no?

Adrián frunció el ceño.

—Vamos… no te enrosques. Ava, Iva, Buva, cualquier nombre antes que condescender con Lilia, alias mi madre. Y bueno, la actriz esa tenía su personalidad, ¿no?

—Ajá.

Ava lo miró desviar la mirada.

—Se me hace que tú ni la conoces. Y bueno… ¿es cierto lo de la carrera? ¿De veras ya escogiste?

—Bueno… sí. Arquitectura. Mi tío Alfonso quiere que me haga cargo de la constructora… ¿Y tú? ¿Todavía no sabes?

La chica le acarició las orejas al terranova.

—Pues no. De hecho —se interrumpió mientras

le agarraba el hocico a Argos y se lo estrujaba en una caricia brusca—, estoy pensando darme una vuelta por Europa antes de decidir.

Ava observó que el rostro de Adrián se iluminaba pero fue Eva la que propuso: «¿No te gustaría ir conmigo?»

—¿Me estás proponiendo que… —Adrián tuvo que tomar aliento— que te acompañe a Europa?

—Pues sí, si vas para arquitecto podrías ver catedrales, edificios, urbanizaciones les llaman, ¿no?

—También cuadros, ir al Louvre… a la Tate Gallery, a la Fundación Miró… —y mientras hablaba, la mirada de Adrián iba de un lado a otro como si lo hubieran puesto en un cohete y ahora estuviera en medio de una constelación y no supiera cuál estrella fuera más fulgurante. De pronto recordó la Tierra—. Es que… ¿sabes? A mí lo que me gusta es pintar.

Ava, que lo había visto montarse en la aeronave, palmeó las manos y agregó gozosa: «Pues ya está, ¿cuándo nos vamos? Yo había pensado salir a finales de mes pero puedo mover mi fecha y…»

Adrián brincó en el asiento. Don Alfonso, quien ya había regresado al lado de Lilia, percibió el gesto del sobrino y apuntó la mirada.

—¿Estás loca? —repuso por fin Adrián—. ¿Cómo vamos a viajar juntos si no nos conocemos?

Argos dio un largo bostezo.

—A ti te llaman Adrián, yo me llamo Ava. Vas a estudiar arquitectura, yo todavía no me decido. A ti te gusta la pintura y a mí me encanta Pink Floyd y

Wagner. ¿Qué más necesitas saber? ¿Si ronco por la noches? Oye, te estoy proponiendo un viaje, no que vivamos juntos para toda la eternidad. ¿Qué dices? ¿Aceptas?

La tentación lo estuvo rondando toda la tarde en la figura de Ava. Ava acercándosele en la partida de dominó, el calor de su aliento cerca de la oreja para decirle: «Entonces qué… ¿No te animas?» Luego, a la hora de la comida, Ava llevándole un plato ante la mirada socarrona de don Alfonso y Lilia que empezaron a entender pero sólo medias… Eva sonrió tras la servilleta mientras Ava insistía: «¿Por qué te haces tanto del rogar? Mira que ni a mi novio…» Adrián se atragantó el bocado: «Bueno, ¿pues de qué se trata?» «¿Cómo que de qué? —respondió Eva con una sonrisilla que le culebreaba en los labios—. No me digas que ya se te olvidó. ¿A poco Europa no sería algo así como un paraíso de cuadros, y pinturas, y más cuadros? Anda, anímate —y añadió antes de soltar una carcajada que interrumpió por un momento la sosegada digestión de los otros huéspedes—. Te espera un edén de arte… terrenal». Más tarde, Ava escondida entre los guayabos cuando Adrián regresaba con el terranova de un paseo por el río, pero en realidad, mal escondida porque el perro la descubrió de inmediato y se fue tras ella y Adrián lo mismo, sigiloso, porque el árbol poco ocultaba la redondez de su trasero y se le había antojado asustarla y al final, sin saber bien lo que hacía, le soltó una nalgada. De todas formas, Eva a manera de reproche: «... Pero no te animas. ¿Sabes cómo les decíamos en mi prepa a los que no se arriesgan?» Pero Adrián no la dejó terminar. En una fracción de segundo, los labios de Ava ocuparon el horizonte de Adrián y él sólo tuvo la posibilidad de besarla.

Lo mismo que besó sus pechos, sus cabellos, su vientre, su sexo. Habían tenido que esperar a que no quedara nadie en la sala de juegos y a que don Alfonso diera por concluida la función de cine en la sala de proyección. Y claro, fue Ava la que cruzó el pasillo descalza y la que giró el picaporte y entró al cuarto. Pero una vez ahí ya no supo qué hacer y se dejó conducir por un Adrián que descubrió su vocación de plomada. Hubo instantes, sin embargo, en que se detuvo: la primera, cuando contempló el cuerpo de Ava desnudo. Entonces ella, a manera de broma: «Pues sí, me escapé de un cuadro de Boticelli. ¿No te lo había dicho? Por ahí dejé la concha de mar y a los céfiros». La segunda vez que Adrián se detuvo fue para separar los labios de su pubis. Adrián acercó la nariz y olfateó hasta llenarse la memoria con el recuerdo de cuando descubrió a Ava. Sí, de esta hendidura manaba el aroma que había invadido su sueño el día anterior. Salada y astringente, un poco dulzona, comió la fruta y no volvió a detenerse.

El plan establecía que Ava debía regresar a su cuarto antes del amanecer, pero se quedaron dormidos. Dormidos después de fumar y hablar en susurros mientras Adrián, eufórico, sacaba cuadros y más cuadros del clóset.

—Y no sabes los que tengo escondidos en México —se le escapó a Adrián.

—¿Y por qué los escondes? Malos, lo que se dice pésimos, no son…

—Gracias por el elogio.

—De nada. Pero… —Eva no perdía oportunidad—, yo que tú me lanzaba un rato de perdida a Florencia. Imagínate: levantarte en las mañanas, desayunar un cafecito con bollos, caminar por la plaza del Duomo, subir a las galerías Uffizi, ver una sala, otro día otra, y todas las tardes, luego de una rica pasta y su respectivo *rosso,* ir a la Academia para contemplar al *David,* si vieras qué ganas le tengo… Como verás, ya armé el itinerario completo y lo que no se ajuste, allá lo resuelvo. Tú sabes, dos-tres brochazos donde no me lo parezca y Florencia, y toda Europa se van a acordar de mí.

—Eva… digo, Ava, ¿cuánto dinero piensas llevar?

—No mucho, la verdad. Pero me supongo que… —Ava se incorporó en la cama—. Oye, no me digas que ya te lo estás pensando.

—Bueno es que el boleto… Tengo una cuenta a mi nombre, pero la maneja… tú sabes.

—Por dinero no te preocupes.

Adrián puso una cara…

—No, no soy millonaria, pero tengo unos cuates con lo que organizaba tocadas en la prepa. Les hablo y armamos dos que tres… ¿Qué dices, le entras y con

lo que juntemos de aquí a junio nos lanzamos? Mira
que te ofrezco un PTI...

—¿Y eso qué es?

Ava levantó la sábana y se descubrió el cuerpo.

—Pues qué va a ser... Paraíso todo incluido.

Ambos rieron. Adrián no había olvidado a su tío,
ni la carrera de arquitectura, ni la constructora pero...
se permitió soñar. Y literalmente, se quedó soñando
con la mano sobre el vientre recién nacido de Ava.

Los tiempos ya no estaban para reclamaciones, no,
pero apenas Ava se acercó a la mesa con parasol donde
Lilia tendía un solitario, cuando ésta le reclamó que
bien podían haber sido más discretos. Para qué había
tenido que salir del cuarto de Adrián envuelta en una
toalla precisamente cuando la cocinera llegaba del mercado. Qué suerte que los otros huéspedes hubieran
salido antes a esquiar en el lago. Y por supuesto, la
cocinera se lo había contado al jardinero y el jardinero
a don Alfonso y don Alfonso...

Don Alfonso permanecía impasible frente a
Adrián, sonriendo cada vez que su sobrino le ata-
jaba la jugada de ese dominó, el tercero en menos
de una hora. Dos juegos contra uno y Ava discu-
tiendo al otro lado de la alberca, eran razones sufi-
cientes para que Adrián deseara retirarse pero su tío
le pidió que se sentara una vez más. Revolvió las
piezas sintiendo que el sol de mediodía le evaporaba
las fuerzas. Mientras don Alfonso tomaba sus fichas,
descubrió a Argos olisquear los mazos de hortensias

que rodeaban la casa. El terranova apuntó las orejas en dirección de Ava al oír que la muchacha alzaba la voz. Otra voz, la de don Alfonso, le indicó a Adrián: Toma tus fichas, muchacho.

…

Ava: Mira lo que hago con tus órdenes…

…

Don Alfonso: Prefiero que salgas tú.

…

Ava: Sí, me largo. Cualquier cosa con tal que me dejes en paz.

Mal juego le había tocado a Adrián esa mañana. Revisó los dos extremos de la serpiente punteada y escudriñó sus fichas en un intento por salir del callejón en que la suerte, la experiencia de su tío y su propia distracción lo habían colocado. De reojo, percibió el movimiento de un bulto rojizo que identificó como Argos. De seguro, seguía a Ava. Se escuchó un portazo. Adrián permaneció expectante un segundo pero Argos no aulló ni emitió ningún sonido lastimero. Con todo y su enojo, Ava se había cuidado de lastimarle la nariz o una pata.

Ava tenía dieciséis minutos de haber salido de la finca. Adrián los había calculado como siglos entre el término de la partida y el momento en que se había alzado de la mesa de juego para dirigirse a la puerta de bejucos y traspasarla y otear buscando la figura de Ava que creía ya imposible. Pero Ava sonreía sentada en el pretil de piedra que bordeaba el curso del río.

Apenas verla, Adrián sintió que se le llenaba el alma. Se dirigió hacia ella.

—Vaya —le dijo ella—. Estaba segura de que vendrías pero nunca te creí capaz.

—Yo también —dijo él en un gesto nervioso que bien pudo ser un beso apresurado.

Se miraron por varios segundos. La luz de la tarde, abajo de aquellos árboles, se filtraba con una suavidad que desvanecía el tiempo. Mirarse así era una eternidad. Adrián dijo por fin:

—Estás radiante.

—Será la luz.

Él negó con la cabeza. Le acarició la mejilla: «Hueles diferente… Me parece que… a flores».

—Ya era hora de cambiar, ¿no crees? —preguntó ella estrenando una coquetería en ojos y labios.

—¿Cambiar qué?…

—De perfume. No me digas que no te habías dado cuenta: antes usaba uno de manzanas.

—Ah…

—Te desconcierto siempre, ¿verdad?

—Un poco… a veces… en verdad, sólo en verano.

Ambos rieron. Comenzaron a caminar. Adrián se ofreció a cargar el bolsón donde Ava había metido, apresuradamente, un libro, sus lentes para el sol y unas monedas.

—Sabes… —comenzó a decir Adrián pero se detuvo: el río cantaba y le parecía que lo escuchaba por primera vez—. Sabes, le conté al tío Alfonso lo de Europa.

—¿En serio? —Eva sonreía en tanto que Ava se animaba a preguntar—. Y qué, ¿te desheredó, te va mandar a estudiar a un convento de cartujos? —Adrián iba negando con la cabeza a cada pregunta. El río doblaba a la derecha pero ellos siguieron hacia la carretera—. Bueno, por lo menos te habrá representado el papel del tío abnegado y amoroso que lo ha dado todo por ti…

—No exactamente. Me dijo que estaba de acuerdo, que me tomara mi tiempo… —Eva se paró en seco. Aquellos artefactos mecánicos de la pista de asfalto zumbaban con una urgencia hueca y continua—. Que… —Adrián proseguía sin perder detalle del rostro de Ava—, que no desechara la posibilidad de estudiar arquitectura en España: como él tiene unos parientes en Badajoz…

Ava y Eva sonrieron desahuciadas, con suavidad le quitaron a Adrián el bolsón, sí, con una delicadeza como si él estuviese dormido y temieran despertarlo. Luego fue Ava la que estiró la mano con el pulgar extendido cuando Eva avistó el renault con un par de chicas dentro.

—Bueno —dijeron distraídas—. Aquí nos separamos —y comenzaron, Ava y Eva, tal vez ahora Iva, a entrar en el coche que se había detenido ante la señal de autostop.

Pero Adrián las detuvo, las jaló del brazo, despachó al renault con las otras chicas que arrancaron como diciendo: «Mejor arreglen sus problemas solos», y desaparecieron antes que el zumbido de su motor.

Ava, Eva y Adrián se miraron de frente con exasperación. Cuando él se decidió a hablar el agudo sonido de una corneta de tráiler opacó sus palabras.

—Yo… pintura… —fue lo único que Ava alcanzó a escuchar. Pero Eva reconstruyó el mensaje de Adrián de inmediato: «Yo le dije que lo que me interesa es la pintura».

Caminaron hasta un parquecito donde unos laureles de la India tendían sus sombrillas naturales. Se recostaron en la hierba. Él y ella. Él bostezó y dijo:

—Tengo sueño —y ella le acarició el cabello y le besó las orejas. Habían tenido un fin de semana muy ajetreado… Él se quedó dormido unos instantes. Cuando despertó, ella estaba a su lado acariciando al terranova de su tío. Como ellos, se había escapado.

UN HOMBRE TIENE LA EDAD
DE LA MUJER QUE AMA

LO HABÍA LLAMADO el conserje para advertirle que Ricardo estaba mal. Muy loco. Gilberto encontró la puerta entornada y entró al departamento pero de algún modo no se sorprendió demasiado cuando descubrió las primeras señales de la catástrofe: cristales, platos, botellas, vasos de vidrio rotos yacían trazando caminos afilados y sinuosos. Un poco después, observó que también había gotas de sangre esparcidas azarosamente. Gritó el nombre del amigo: «¡Ricardo… Ricardo!» El silencio respondió en un espasmo premonitorio. Se abalanzó como pudo entre los pedazos de vidrio y buscó en las habitaciones. Sólo la puerta del baño estaba cerrada. Giró el picaporte y abrió. Desde el espejo del lavabo, el rostro de Ricardo lo recibió cubierto con una servilleta ensangrentada a manera de máscara. Se volvió hacia él y dijo algo pero su voz sonaba distorsionada tras la servilleta adherida a los labios. Probó a levantársela un poco y apareció su sonrisa de bufón de siempre. Bromeó a media cara:

—¿Temiste lo peor, verdad?

Aún tenía cubierta la parte de los ojos cuando Gilberto lo tomó del brazo con suavidad.

—Vamos afuera, Ricardo —le dijo—. Hay que salir de aquí.

Ricardo se dejó llevar mientras Gilberto hacía a un lado los restos de vidrio para que pudieran caminar. Antes de entrar al elevador, se animó a separar un poco más el papel de su rostro. Asomó entonces un ojillo inflamado, una rendija apenas. Aun así, el ojillo sonreía vivaracho.

—¿Adónde vamos? Me gustaría ir al cine —dijo demasiado solemne.

Gilberto se percató de que Ricardo despedía un tufillo a alcohol reconcentrado.

—Claro… vamos al cine.

—Y quiero comer un hot dog con mucha mostaza —insistió Ricardo.

—Lo que tú quieras, pero sería mejor que terminaras de quitarte eso de la cara. Podrías tropezarte en la calle.

Ricardo obedeció y se guardó la servilleta en el pantalón. El otro ojo también parecía una rendija pero al menos no había heridas a la vista. Gilberto se inquietó: entonces, ¿de dónde provenía la sangre?

Apenas salieron del elevador, los recibió la música del radio del conserje a medio volumen. Era una canción que hacía años había estado de moda, machacona y sentimental, que repetía un mensaje cifrado: «cuarenta y veinte».

—Cuarenta y veinte son sesenta —dijo Ricardo

en un resuello, como si le costara respirar—. Tengo cuarenta pero me siento de sesenta. Sesenta siglos.

Gilberto lo miró bajar el rostro y apretar los ojos. De seguro las rendijas semejaban ahora unas líneas entrecortadas. Palmeó el hombro de Ricardo y abrió la puerta del edificio para dejarlo pasar primero.

Compraron boletos para la primera película de horario disponible. En el mostrador de comida, Ricardo pidió tres hot dogs y cuando se los dieron dejó a Gilberto pagando y se encaminó rumbo a la sala.

La película ya había comenzado y Gilberto tuvo que buscar la silueta de Ricardo en el resplandor difuso. En una de las primeras filas, devoraba sus hot dogs con gula de muñeco de tira cómica: la boca desmesurada, los bocados inmensos, la sonrisa feliz. Gilberto pensó que más que de cuarenta o de sesenta, parecía un niño extraviado al que de pronto compensan con unos dulces para distraerlo.

Y era verdad que comenzaba a distraerse: en la cinta una pareja de jóvenes se aventuraba a explorar un paraíso perdido en una isla lejana. La belleza de los paisajes, el azul brillante del cielo y el mar, la juventud impetuosa de los protagonistas: ella y él, de escasos veintitantos, acaso sumarían un poco más de cuarenta: la edad biológica de Ricardo. Gilberto percibió de reojo que Ricardo hacía una mueca y la mantenía por un tiempo prolongado. Le preguntó al oído.

—¿Te duele algo?

Ricardo se llevó la mano al pecho.

—Aquí… —dijo apuntando el corazón—. Duele horrores.

Pero tardó todavía en relajar la cara y la mueca se mantuvo unos minutos más. Gilberto percibía la respiración cada vez más sosegada de su amigo y él mismo se fue dejando llevar por la historia de la pantalla. Hasta que de golpe, al parejo de una escena en que la muchacha de la cinta abandonaba al protagonista a su suerte, Ricardo se levantó como un muñeco de caja de sorpresas y se precipitó hacia la salida.

Caminaron hasta dar con una cantina. Antes de sentarse, Ricardo escudriñó el lugar. Entonces, categórico, señaló:

—Vámonos, aquí no…

Gilberto lo siguió acostumbrado a sus cambios repentinos. Como iba tras él, de pronto se dio cuenta de que Ricardo cojeaba un poco. Tal vez para evitar el dolor de un pie, abría las piernas en un andar de pato exagerado y cómico. Gilberto recordó entonces la fiesta de su último cumpleaños. La reunión había estado de lo más animada pero ya cerca de las cinco de la mañana, sólo unas parejas bailaban lentas y cansadas. Incluso Lorena, su propia mujer, y Mariana, la mujer de Ricardo, se abrazaban melosas y borrachas. Lorena con sus innegables cuarenta, la otra por cumplir veinti… tantos. Acostumbrados a pensarla siempre como una escuincla, habían dejado de percibir que ella también acumulaba años. Pero seguía viéndose como una niña. Peter Pan en mujer, incluso tenía un aire de adolescente andrógino y el pelo corto era una afilada llama rojiza.

Gilberto creyó recordar que ambas mujeres bailaban ya sin música —Lorena le acariciaba el rostro a Mariana y la consentía—, cuando, de la nada, surgió un mambo clásico y Ricardo hizo su aparición calzando unos guantes de lana con los que bailaba como un pato de caricatura.

—¿De dónde sacaste esos guantes? —le preguntó su joven mujer fascinada.

—Estaban por ahí —contestó Ricardo al tiempo que le tendía un pie de pato enguantado, invitándola a bailar. Luego hizo lo mismo con Lorena, el propio Gilberto y las otras parejas que todavía permanecían en la sala.

En aquella fiesta, Ricardo caminaba como ahora: las piernas separadas y un vaivén acompasado qué quién sabe si de verdad le aminoraba el dolor, porque al final, un poco antes de entrar a otra cantina, se decidió por cojear abiertamente y pedir el apoyo del hombro del amigo.

—Esta sí es una buena cantina —dijo tan pronto vio la rockola que brillaba una pintura metálica en el fondo del local de luz fluorescente y mortecina. Y caminó resuelto, sin cojear, buscando una mesa cercana al armatoste de teclas iluminadas e invitando a Gilberto a sentarse a su lado. Sólo había unos cuantos parroquianos instalados en la barra y un par de mesas ocupadas por unos oficinistas que jugaban dominó. De pronto, se les acercó un muchacho de cejas depiladas a preguntarles qué deseaban ordenar. Ricardo pidió cervezas para él y Gilberto y le tendió un billete de cien pesos.

—Y quédate con el cambio… —le dijo al muchacho que le devolvió una sonrisa a la vez complacida y altanera. Ya se alejaba cuando Ricardo lo llamó de nuevo.

—Pensándolo bien, regrésame el cambio en monedas. Lo necesito para poner música.

El muchacho iba a protestar, pero de inmediato Ricardo lo atajó.

—También te voy a dedicar una a ti. ¿Cuál te gusta?

El muchacho de cejas depiladas levantó la nariz en un gesto de desprecio absoluto pero entonces reparó en los ojillos de rendijas de Ricardo, ese aire vivaracho y a la vez desamparado de niño crecido, y terminó por ceder.

—Bueno —condescendió—. Una de José José…

Tras unos instantes, el muchacho reapareció con un par de cervezas, un platito de cacahuates de botana y las monedas para Ricardo. Gilberto permaneció expectante mientras Ricardo se pasaba las monedas de una a otra mano, sin decidir qué hacer. Por fin le dio las monedas al muchacho.

—Mejor escógelas tú… —dijo antes de levantar su botella y hacerla chocar con la de Gilberto.

El muchacho alzó más las cejas depiladas, tomó las monedas y se encaminó a la rockola. Marcó varias canciones y mientras esperaba que quedaran registradas, tamborileaba las uñas sobre el acrílico transparente.

—Pues parece que tendremos José José para rato...
—suspiró Gilberto y luego añadió—. Nos guste o no,
es un clásico del romancero lacrimógeno nacional.

—Pues qué intelectualoso me saliste, hermano...
Te guste o no, José José forma parte de nuestra vida
sentimental —repuso Ricardo remolón.

Gilberto estaba por añadir algo cuando entró un
grupo de jóvenes ruidosos y alegres. Escogieron una
mesa cercana a la de Ricardo y Gilberto. Una de las
mujeres del grupo, la que traía el cabello sujeto en
una cola de caballo que se movía juguetonamente al
ritmo de sus gestos y movimientos, venía abrazada de
la cintura por un muchacho alto y de cabello largo y
suelto. Los dos eran hermosos y... jóvenes. Gilberto
pensó que la muchacha de seguro iba a gustarle a
Ricardo. Y el chico sin lugar a dudas le había gustado al mesero que se había puesto a su lado apenas
se acomodaron para preguntarle a él en particular
qué quería tomar.

—¿Ya escucharon? —uno de los chicos del grupo
dijo de pronto. Y, ante el gesto de sorpresa de los otros,
prosiguió—. La canción... ¿Oyeron? Acaba de decir
«polvo enamorado».

—¿Polvo enamorado? —preguntó incrédulo el
muchacho que se hacía acompañar de la chica con
cola de caballo—. En lo que vino a parar don Fran-
cisco de Quevedo, el gran poeta conceptista español y,
reverencia, patrón de mi santuario personal: «Cerrar
podrá mis ojos la postrera sombra que me llevare el
blanco día...».

La chica de la cola de caballo aplaudió el desplante, pero el resto lo abucheó con sorna.

—No, joven, si me permite —intervino, solícito, el mesero de las cejas depiladas—. Esa canción no es de ningún señor Quevedo. Es del único y magnífico Príncipe de la Canción: José José. ¿Qué va a ordenar?

Ricardo observó que el grupo de amigos tuvo que apretar los labios para no reírse en la cara del mesero. Pero cuando ya se alejaba a surtir la orden, dejaron escapar unas risitas explosivas y burlonas. Gilberto lo descubrió de pronto contemplando a la pareja que permanecía abrazada y feliz.

—Se ven contentos… —dijo Ricardo en una mezcla de fascinación y envidia—. Supongo que Mariana y yo nos vimos así alguna vez. Bueno, con la diferencia de edades. ¿Recuerdas que cuando quise regalarle un coche, el tipo de la agencia nos recomendó uno muy práctico «para mi hija»? A mí por supuesto me dio risa. Y a Mariana también. Ya lo decía Picasso: «Un hombre tiene la edad de la mujer que ama». Y es verdad, con ella me sentía de veinte.

—¿De veinte? Pero si tú eres un eterno adolescente… —dijo Gilberto sin ocultar una sonrisa de franca admiración.

Ricardo no pareció reparar en el comentario y prosiguió después de darle un largo trago a su cerveza:

—Era una niña y era una mujer. Y era delicioso hacerle el amor, besar su pubis de piel de ángel, escuchar su risa nerviosa cuando llegaba al clímax. ¿Sabes que poco a poco fue perdiendo el interés sexual? Y claro, yo me volvía loco… Cuando ella no cedía me daban ganas de violarla. Por supuesto, después era mucho peor: un día se hizo un tatuaje espantoso, una cabeza de Medusa en la espalda. Otro día se cortó las pestañas y se rasuró las cejas. Otro día se tiñó el cabello de azul eléctrico y no pudo acompañarme a la entrega de premios de publicidad. Peleábamos y discutíamos todo el tiempo. Hasta que también perdió el apetito y comencé a llevarla al psicoanalista. Entonces dejó de hablar conmigo. Con decirte que llegué a extrañar nuestras peleas… Bueno, tú y Lorena han sido testigos de todo esto. De hecho tu mujer fue la que le consiguió la cita con el terapeuta.

—Sí, ese gran hijo de puta que le da terapia intensiva a sus pacientes llevándoselas a la cama… —dijo Gilberto apretando las mandíbulas. Ricardo abrió un poco las rendijas que tenía por ojos y dejó escapar un brillo de sorpresa. Gilberto se dio cuenta y repuso en un tono bajo—: No me digas que no estabas enterado.

Ricardo hizo un puchero y negó con la cabeza. Su rostro, de súbito, era el de un anciano con marcas y arrugas pronunciadas. Gilberto pensó que de verdad tenía sesenta siglos. Sólo los ojillos seguían vivarachos el movimiento de mesa en mesa del muchacho de cejas depiladas. Cuando se volvió a verlo, le pidió otra ronda de cervezas.

—Claro, yo tuve la culpa de todo. No podía soportar la idea de perderla. Comencé a mimarla y a darle todo lo que me pedía. Primero quiso un piano, luego una cámara de cine, después un hijo, luego un perro, después un amante. Yo le dije que sí a todo pero el piano no le sirvió demasiado porque ella quería hacerse famosa cantando ópera y yo sólo podía conseguirle anuncios comerciales. Tampoco la cámara funcionó porque producir una película como ella la quería era demasiado costoso y ni mis amigos con dinero pudieron apoyarla. Del hijo, nunca logró embarazarse. Y el perro y el amante —o los amantes— sólo los tuvo un tiempo para fastidiarme.

En la mesa de al lado, se había iniciado una discusión. Gilberto se dio cuenta porque cuando el mesero les sirvió otra ronda de cervezas, estuvo a punto de dejar caer una de las botellas. Absorto, sólo contemplaba a la pareja que antes había estado abrazada y ahora se reclamaba algo airadamente. Discutían sobre la simpleza, unos, o la radical sabiduría, otros, que marcaba la diferencia entre «Amar y querer», a la sazón el tema melódico que se escuchaba en ese momento. Pero Ricardo no se percató de que peleaban o no quiso darse cuenta. En todo caso, empinó la botella y no la soltó hasta que le hizo falta respirar.

—Y lo último: tú sabes, porque Lorena la ayudó a empacar, que hace quince días se fue de la casa. A mí el orgullo me funciona y no la fui a buscar. Pero ayer, ayer por la noche la encontré en un bar. Acompañada…

Gilberto miraba alternativamente el rostro de la chica de cola de caballo, crispada y altiva como una serpiente a punto del ataque, desaparecido ya todo su aspecto angelical, y el gesto cada vez más abatido de un Ricardo que seguía haciendo cuentas con la vida.

—De verdad te digo, te juro y te aseguro que no fue verla besándose con otra mujer lo que más me pudo. No…

Ricardo hizo una pausa para llamar al joven de cejas depiladas. Cuando lo tuvo enfrente le reclamó:

—Oye, princesa de la canción… Ya se van a terminar las canciones de tu príncipe, y nomás no sale la que más me llega ahora…

El mesero suspiró sin decidirse a mandarlo al diablo o compadecerse de él. Gilberto sacó un billete y se lo tendió con un gesto de reconvención.

—¿Cuál quieres que te ponga entonces? —dijo dirigiéndose a un Ricardo que se recargaba de codos en la mesa y ladeaba una sonrisa como un niño a punto de salirse con la suya.

—Esa que repite «cuarenta y veinte», «cuarenta y veinte», «cuarenta y veinte» como un disco rayado… —contestó Ricardo moviendo a un lado y otro la cabeza, como un muñeco con la cuerda trabada.

En respuesta, el muchacho de las cejas depiladas lanzó una carcajada que llamó la atención de todos:

—Pues esa sí que no se va a poder. No la tenemos en el repertorio. Pero si quieres te la canto. Una probadita nomás: «Dicen que tú eres dulce primavera. No saben que guardo un verano, que cuando te miro te quemas. Cuarenta y veinte…».

Durante unos momentos, en la mesa de junto, el grupo de muchachos guardó silencio y la pelea de la chica de cola de caballo con su pareja también quedó en suspenso esperando que el mesero continuara cantando. No lo hacía mal, era entonado e imitaba bien el estilo del cantante original.

Al finalizar, hizo un gesto coqueto y recatado y terminó por alejarse con una charola de botellas vacías. La discusión en la mesa contigua prosiguió, y Ricardo retomó su queja:

—No, Gilberto, te juro que no fue el verla besándose con otra mujer lo que más me pudo. Sino a quién escogió para sustituirme. Una cuarentona inmensamente rica. Tú también debes conocer a Betsabé Reyes y los caudales que le heredó su padre. Ella sí podrá pagarle su lanzamiento como cantante, su película de cine de arte, su niño de probeta, su harem de jóvenes eunucos y doncellas pervertidas. Cuarenta y veinte... Betsabé de cuarenta y tantos, Mariana de veintitantos... Aunque pensándolo bien ya casi suman setenta entre las dos...

Ricardo pareció reanimarse como si un foco de luz se le dibujara por encima de la cabeza.

—Tal vez debiera buscar a Mariana para advertirle —dijo con ánimo de caballero esforzado—. Verla para decirle que aproveche... Sin ninguna mala intención. Porque en realidad le queda muy poco para que Betsabé le cumpla sus caprichos...

Luego tomó aire antes de revelar en un tono confidencial y lastimoso:

—A Betsabé sólo le gustan las de veinte y Mariana muy pronto dejará de serlo.

Gilberto guardó silencio. Le parecía conmovedor que Ricardo se consolara con semejante razonamiento. Tras unos minutos de espera, se levantó para ir al baño, pero le pidió a Ricardo que no se moviera de ahí, que mejor se fueran a dormir al departamento del propio Gilberto porque ni pensar en regresar al de Ricardo con toda aquella catástrofe de vidrios y sangre. Ricardo dijo que lo esperaría pero sólo para que lo acompañara a buscar a Mariana y advertirle.

Minutos después, cuando Gilberto regresó al salón, descubrió que los muchachos de la mesa de junto se habían marchado y que Ricardo dormía recostado en la mesa. Inerme y confiado, había vuelto a ser el niño de siempre. Ni cuarenta, ni veinte, pensó Gilberto. Debía de estar soñando algo divertido porque sonreía con los ojos cerrados, y hasta el mesero de cejas depiladas, tras recoger las botellas de la mesa y verlo derrumbado, dijo con un mohín compasivo:

—Parece un ángel, el muy desgraciado.

RAMILLETE DE VIOLETAS

Entre los dos, ella era la más inocente. Al principio, los fines de semana en que salía del internado, ella y yo jugábamos a veces. En ausencia de Helena podíamos permitirnos romper algunas reglas sin preocuparnos demasiado por las consecuencias, como la vez en que Violeta decidió comer en el piso de la cocina, bajo la mesa del antecomedor y desde ahí invitarme a una guerra declarada de guisantes —al fin y al cabo, digna princesa—, transformadas las sillas caídas en repentinos puestos de combate. Entonces, su postura pecho a tierra, muy serias las desnudas piernas por obra y gracia de unos shorts que cada día encogían más y luego esas mismas piernas puestas a sonreír en un balanceo dulce y acompasado toda vez que la estratega en jefe hacía blancos en mi cara embobada.

O la vez que les organizó una fiesta de no-cumpleaños a sus muñecas y que en realidad resultó ser una suerte de bienvenida. En aquella ocasión, fui el único varón invitado a la ceremonia además de la veintena de muñecas de su colección —todas inofensivas Violetas como el original que les había dado razón de ser y nombre—, que de pronto se vieron diseminadas por los muebles de la sala. Mientras Violeta subía a su recámara y nos dejaba solos, era extraño aguardar junto a ellas, a las que conocía desde antes de su nacimiento en los moldes, de quienes en cierta medida era yo su progenitor, y presentir ahora su naturaleza inquietante y silenciosa. Sentadas a mi alrededor, los brazos y piernas abiertos no sé si reclamando una suerte de abrazo total o encarnando un estado de gracia fulminante y dispuesto, eran también pequeñas esfinges del destino cuyos labios inmóviles parecían murmurar: «Sabemos mucho mejor que tú mismo lo que estás pensando detrás...». Recuerdo que al oír estas palabras me intimidé y me volví hacia adentro, pero sólo descubrí las habitaciones de una fortaleza vacía. Cuando me asomé de nuevo, Violeta estaba ya frente a nosotros y su sonrisa al descubrirme ensimismado fue un puente de luz. El puente conducía a un bosque encantado, ahí donde Violeta había vuelto a ser un hada. No repararía sino segundos después que se había disfrazado con el traje del último festival escolar y que por supuesto, tras los meses transcurridos, apenas le quedaba —o le quedaba maravillosamente pues sus formas tenues se insinuaban así un poco mejor. Tenía en mente darnos una pequeña función, pero, acostumbrada a que su madre la ayudara, no había sabido cómo maquillarse los párpados. Así que bajó

con el estuche de pinturas de Helena en una mano
y en la otra la señal inequívoca para que me acercara.
Yo me paralicé aunque adentro mi pequeño Tán-
talo se revolvía feliz en sus aguas. El hada me miró
entonces con tristeza y murmuró: «¿Es que no vas a
ayudarme?», y su voz era el eco manso de una inde-
fensión total. Había también gotas de rocío a punto
de desbordar su mirada y mi niña frutal me pareció
absolutamente irrenunciable. Apenas si pude asentir
con un movimiento de cabeza. Entonces una Violeta
altiva dio un par de zancadas y de un brinco delicioso se asentó de un golpe en mis muslos.

Comencé a maquillarla temblando de excitación.
Debió de confundir el trote involuntario de mi pierna
derecha porque con los ojos cerrados y la boca apuntando ligeramente hacia arriba mientras se dejaba aca-
riciar por el pincel, musitó: «Hace mucho que no me
haces caballito». Por toda respuesta, aparté el pincel y
comencé un trote ligero que en cada brinco me ponía
en contacto con el calor mullido de su entrepierna.
Violeta me pasó las manos por la nuca y comenzó a
reír como si gorjeara, feliz porque había reconocido
de nuevo ese paraíso del cuerpo en el que no existe
otra cosa que el gozo de ese cuerpo y su pureza ins-
tintiva. Aceleré el trote al tiempo que descubría un
rastro de sudor que le perlaba esa zona delicada y
sensible, cuyo nombre desconozco a la fecha, y que
dispuesta entre la nariz y los labios, al excitarse es el
botón erecto de una flor a punto de prodigarse. Y sí,
con toda la pureza que Violeta era capaz, estaba abso-

lutamente, inmaculadamente excitada. La vislumbré
como la imagen total de mis deseos, la parte que por
fin me hacía falta: frágil pero vigorosa, dulce pero
con esa vulnerabilidad altiva que pedía a gritos ser
dominada. Y ahí estaba entre mis piernas, erguida e
indefensa, haciéndome sentir lo poderoso que por fin
era, lo completo que al fin estaba. Y sin necesidad de
tocarla. Fascinado con la sola idea de saberla.

Para ese momento, los dos reíamos pero ya el
dolor y el esfuerzo amenazaban con acalambrarme
y el gozo del hada era también demasiado, y nuestras risas sin sonido se convertían en la señal ame-
nazante de que el galope se adelantaba al precipicio.
Entonces Violeta me detuvo, su mano jaló la rienda
de un golpe, y en medio de un suspiro suplicó des-
falleciente: «Ya no más, papá».

En el sillón habían quedado el estuche de maquillaje y los pinceles desperdigados a los pies de las
muñecas que ahora sonreían victoriosas. Violeta alzó
un pincel y un cuadrito de maquillaje cremoso que se
había salido de su sitio pero no me los entregó para que
terminara mi labor con ella. En vez de eso, blandió el
pincel sobre mi rostro y ensayó su colorido tornasol
sobre mis párpados perplejos y luego sobre mis labios
entumecidos. Violeta reía gozosa con los resultados.

Me dejé hacer lo que quiso. Fue como si me
hubieran alzado en el vacío y todo, el golpe de mi
sangre, los sueños que llevo atorados en las rodillas,
la furia que yergue mi columna, todo hubiera quedado igualmente suspendido. Entonces el hada se

alejó unos pasos para contemplar su obra reciente. Su mirada fue otro gorjeo cuando, al verme inmóvil junto a sus muñecas, exclamó emocionada: «Ahora eres una de nosotras. Ahora eres otra Violeta». Asentí. A ese grado le pertenecía.

ALTURA INADECUADA

S E ARROJÓ DESDE EL MIRADOR de la Torre Latina porque sintió que no podía más. Al despertar, una enfermera le ajustaba el suero. Alcanzó a gemir «¡Oh, no...!», pero la enfermera la tranquilizó de inmediato.

—Tuvimos que intervenirla —le dijo— porque desde la altura de donde se lanzó usted es inevitable romperse el alma.

EN UN RINCÓN DEL INFIERNO

Para Orlando Ortiz

Aquella mañana decidimos darnos un día de descanso pero la llegada de Esperancita nos impidió llevar a cabo nuestros planes. Anden, háblenle al señor Múkar. No se van a arrepentir. Díganle que van de parte mía. Y si acaso no se acordara, díganle que se trata de la dueña de la «Muñeca», la papelería que le fiaba material en su época de estudiante. Aunque a todas luces la recomendación no parecía muy confiable, Ana se entusiasmó con la idea y sin perder un segundo fue a buscar pluma y papel para anotar el teléfono. Cuando regresó me buscó la mirada pero sólo esbocé un gesto de negación con la cabeza. Carlos..., reconvino. En ese momento la voz de Esperancita comenzó a dictar: cinco...

A pesar de que su presencia no era necesaria Esperancita tardó más de una hora en marcharse. Por lo que comentó me di cuenta de que la mamá de Ana le había informado que hacía tres semanas que buscábamos departamento, y como buena vecina tenía que meter su cucharón para que este arroz —nuestro casamiento— se cociera. Por fortuna doña Carmen no estaba en casa o de lo contrario la presencia de Esperancita se hubiera prolongado aún más entre agradecimientos y la historia de aquel prodigioso señor Múkar que de la noche a la mañana se había hecho multimillonario, dueño y señor de la vida de miles de inquilinos gracias a sus numerosos edificios y a su compañía constructora. Si nosotros lo hubiéramos visto cuando salía a toda carrera hacia la facultad de arquitectura con sus libros bajo el brazo, todo tilico y desvelado porque con tanto plano hasta se le olvidaba que tenía que comer —aunque tuviera poco menos que nada para hacerlo—, segurito que no lo habríamos reconocido cuando, años después, estacionó su mustang nuevecito frente a la «Muñeca» e hizo entrada triunfal con su traje de corte inglés y un ramo de rosas blancas en la mano. Ese día Esperancita apartó las tarjetas de presentación que colocaba tras el vidrio del aparador (mismo que establecía el límite entre ella y sus clientes), y puso su nueva tarjeta en el espacio recién formado, como habría colgado en la pared de su sala el título del hijo que nunca tuvo.

Cuando por fin terminó de irse, Ana ya había escapado. La encontré en la cocina preparándome un café espumeante que no tardó en ofrecerme junto con el papel donde un número telefónico estaba a punto de salirse con la suya. Pensé en el cansancio de días anteriores, en los sí señor el departamento consta de tres recámaras sala comedor cocina baño y cuarto de servicio renta tres mil dólares los requisitos para el contrato son... Porque de seguro, después de hablar con el señor Múkar y comprobar que su agradecimiento no era para tanto, Ana insistiría en que siguiéramos a la caza de un departamento, entre todos esos anuncios está el nuestro, anda ve por el periódico; hoy puede ser el día y si no buscamos tendremos que conformarnos con...

—Pero Ana, habíamos decidido...

—Pero Carlos, por favor...

Entonces me di media vuelta. En unos instantes regresé con el teléfono y completamente equipado. Al verme así Ana se apresuró a ayudarme con la libreta que habíamos destinado para las direcciones y datos, y la guía Roji; pero continué con la pluma entre los dientes. Mientras yo marcaba, Ana se sentó al desayunador y me invitó a colocarme a su lado.

—Buenos días, señorita, ¿está el señor...?

Ana embarraba mantequilla en un pan tostado.

—No, señorita. De parte de la señora Esperanza Díaz... Espere... De la papelería «Muñeca».

Ana terminó su empresa y ahora levantaba la rebanada a la altura de sus labios.

—Sí, espero.

La masticación comenzó lenta y rítmica. A cada cierre de quijadas respondía un ruido que se dejaba caer, secamente.

—¿El señor Múkar? Buenos días. Mire, hablo de parte de...

Aunque la cita era a las cuatro Ana se obstinó en que llegáramos antes, no fuera a ser que tuviésemos algún percance en el camino y luego causarle mala impresión y que después no nos rentara el departamento y quizás esa sea nuestra gran oportunidad. *Aviso oportuno sólo hay uno.* Así que desde las 3:10 la secretaria del señor Múkar tuvo que soportar los paseos de guardia que Ana hacía mientras fumaba un cigarrillo o se aburría de estar sentada. En realidad, el despacho en que nos encontrábamos reforzaba con mucho la idea de que el tal Múkar era un hombre que por su capacidad había logrado lo que ahora poseía. Los sillones, decorados del mismo color gris que como estaba el despacho, parecían una prolongación de las paredes; el suelo crecía hacia arriba a través de un pequeño montículo en forma de hongo, en cuya parte central un ojo de agua no mayor que un cenicero —y con el que Ana lo confundió al tirar ahí las cenizas de su cigarro— dejaba brotar un chorro de agua cristalina. El chorro alcanzaba tal altura que me fue preciso levantar la vista para ver hasta dónde llegaba. Al hacerlo descubrí un techo tapizado de espejos que vaya a saberse por qué artes no reflejaban al despacho como suelen hacerlo la mayoría de los espejos normales: reflejar imágenes invertidas. Por esta razón pude verme a mí mismo como sólo podría hacerlo un hombre que se encontrara exactamente debajo de mí y del cual me separase un piso de vidrio transparente. Esta idea me inquietó por un momento ya que creí que ése era el caso y entonces yo, a mi vez, miraba los zapatos de un hombre colocado en el siguiente piso. De inmediato pensé que a Ana se le había ocurrido —brillante idea— ponerse vestido para «verse más presentable». Pero recobré la calma cuando ella pasó junto a mí y pude ver en el techo sus pies cerca de los míos. Iba a comentarle lo del techo pero la vi tan preocupada que preferí hacerlo después. Como todavía quedaba tiempo, resolví tomar una revista y sentarme a esperar a que dieran las cuatro. No obstante, una idea se posesionó de mí a tal grado que ni siquiera escuché cuando la secretaria anunció que podíamos pasar, que el señor Múkar nos estaba esperando. Ana tuvo que tomarme del brazo y conducirme porque yo permanecía absorto en el techo. Si un tercer observador pudiera vernos a mi imagen y a mí, ¿a quién le daría la prioridad de haber entrado antes al despacho del señor Múkar?

Una vez dentro un hombre alto y fornido nos salió al paso con la mano extendida. Ana y yo respondimos con la misma amabilidad y luego nos sentamos en una especie de sillones flotantes que no descansaban en el suelo ni tampoco parecían estar sostenidos por aditamento alguno que los conectara con el techo. Ana dio por fin señas de que reaccionaba ante las maravillas que se nos habían estado mostrando desde casi una hora antes.

—¿Soportarán nuestro peso? Porque estos sillones flotan, ¿no es así?

—¡Oh!, no se preocupe —le contestó el señor

Múkar—. Hay suficiente repulsión magnética como para que usted o un elefante puedan desplomarse.

—¿De veras? —preguntó ella aún temerosa—. Así que, ¿repulsión magnética?

E imaginé el cerebro de Ana en el que unas manos hurgaban en un archivero buscando el fólder adecuado. Pero debido a que el expediente reportaba un curso de física en deuda, Ana tuvo que cerrar el folio y confiarse a las palabras del señor Múkar. Se acomodó en su asiento.

El señor Múkar se disculpó por no poder estar mucho tiempo con nosotros ya que en unos cuantos minutos tendría que asistir a una junta de su constructora. Exacto, su deuda con Esperancita lo obligaba a recibirnos, regalarnos diez minutos de su valioso tiempo pero nada más. Así que…

—Así que seré breve. Tengo para ustedes el departamento soñado… Casi podría asegurar que nunca habrían podido soñarlo. Tiene todo lo que ustedes como pareja podrían necesitar y mucho más. Supongo que les preocupará la zona y el precio. Pues bien, está ubicado sobre Reforma, casi enfrente del Ángel.

—¡Oh… maravilloso! —exclamó Ana, no pudiendo contenerse—. Es tan bonito por ahí.

—En efecto, así es. Y respecto a la renta, no les incomodará demasiado.

—¿Cuánto? —pregunté.

Múkar mencionó una cifra irrisoria.

—¿Cuánto? Disculpe, creo no haber escuchado bien —insistí.

—Lo que oyó. Pero cálmense. Debo advertirles algo.

Ana y yo nos miramos. ¿El depósito de un año? El fiador, ¿dueño de una casa en la misma zona?

—Sólo podrán rentarlo por un año, y en realidad el problema estriba en ustedes. No pongan esas caras. El departamento les encantará, de eso estoy seguro. Pero ¿podrán abandonarlo una vez concluido el tiempo del contrato? No me resuelvan nada en este momento. Les daré la dirección y las llaves. Podrán ir a verlo y después, por favor, piénsenlo bien. En caso de que decidan rentarlo mi secretaria los atenderá. Yo salgo de viaje esta misma noche. Y ahora, mi junta me espera. Sean tan amables de saludar a Esperancita de mi parte y decirle que nuestra cena queda pendiente. Hasta luego.

Salimos alelados. Ana prefirió guardar el papel con la dirección aunque ambos nos la sabíamos ya de memoria. Reforma 380, departamento ocho.

Y decidimos rentarlo. Desbocados, temiendo que dieran las seis sin que pudiéramos alcanzar a la secretaria, cruzamos calles y avenidas en medio de un tráfico que sólo puede conocer un habitante de la ciudad más poblada del mundo, a una de sus horas pico. Pero llegamos. Firmamos el contrato y ya nos disponíamos a salir cuando la secretaria nos pidió que esperáramos. Miré hacia arriba. El hombre del espejo se detuvo al mismo tiempo que yo y pude sentir su corazón en mi pecho. Pero no, no era nada.

Sólo una pequeña concesión a cambio de aquel maravilloso departamento. Nada de visitas. Como estaba de prueba, muchos de sus inventos no habían sido patentados. Sonaba lógico.

La boda no nos ocasionó mayores problemas ya que el departamento era el único preparativo que nos quedaba por resolver. Una vez alquilado nos casamos y luego de la luna de miel —dos semanas en Puerto Escondido— pasamos a ocuparlo. En un principio los regalos de la boda nos hicieron pensar en lo inútil de ciertos objetos en los que el compromiso jugaba el papel más importante. Nos habían regalado ceniceros pero el departamento tenía los suyos propios: pequeños orificios colocados en los muebles que, por lo común, permanecían cerrados y sólo se abrían ante la cercanía del calor del cigarrillo. Como los ceniceros, estaba el caso de los arreglos florales de migajón, del exprimidor de naranjas, o las toallas con aplicaciones de «Él» y «Ella», por los que no íbamos a privarnos de las flores naturales que brotaban de floreros de tierra con forma de lágrima, del jugo que manaba de la fuente de frutas, o a desactivar el mecanismo por el que, luego de una ducha de burbujas marinas, un vientecillo templado nos esperaba para absorber los últimos restos de humedad y sal.

(Ana siempre fue muy cosquilluda pero las burbujas marinas obraban en ella de manera especial. Me explicó que le provocaban una sensación de alas rozando su cuerpo en una caricia tal que tenía que retorcerse para poder soportarla. Y si bien las burbujas marinas no me excitaban al igual que a ella, su cuerpo contorsionado en quién sabe cuántos gestos de un placer por momentos identificable con la agonía de un tormento, me llevaba a hacerle varias veces el amor ante los ojos displicentes de los pólipos y cetáceos que habitaban el fondo marino del baño.)

El asunto de los regalos fue de alguna manera el primer aviso de vencimiento que desde selvas remotas nos llegaba del señor Múkar. En un primer momento dichos objetos fueron destinados a la venta en un bazar de una amiga de Ana. Pero una tarde, ya más serenos y mientras disfrutábamos el atardecer a través del ventanal-acuario que nos ponía en contacto con el mundo de afuera, caímos en la cuenta de nuestro error. Fue Ana la que observó en palabras la preocupación que ya se agazapaba en mi cerebro.

—Tal vez no sea conveniente venderlos. Digo, los regalos. Después del año en Reforma 380 no nos serán tan inservibles.

Y sugirió almacenarlos hasta entonces en la gran cuba que, plegada, se hallaba en el clóset. El cuadernillo de instrucciones para un uso adecuado del departamento lo habíamos recogido con la secretaria del señor Múkar. Pero aunque ahí se indicaba el apropiado uso de la cuba como otra variedad de baño, eso de chapotear en vino no terminaba de convencernos por completo. Todo se debió a los fuertes dolores de cabeza que el baño nos ocasionó durante las veces que llenamos la cuba. Y así quedó resuelto:

los regalos esperarían su turno para ser utilizados meses más tarde.

A pesar del manual de instrucciones el manejo del departamento nos resultó extraño durante las primeras semanas; sin embargo, terminamos por familiarizarnos con él, sobre todo cuando se trataba de hacer la limpieza. En especial, Ana se lamentó del día en que tuviera que retomar la escoba en lugar de accionar el mecanismo por el que aspiradoras integradas en la parte baja de las paredes, se engullían el polvo y cuanto objeto pequeño se encontrase en el suelo. Múkar era un hombre inteligente y había previsto cualquier descuido que llevara a sus inquilinos a dejar caer objetos pequeños de valor. Para ello la basura recolectada esperaba tres días antes de caer al tiradero del edificio. En los primeros días Ana tiró su anillo de boda pero el hilo de araña que conducía al sótano la sacó de apuros.

A diferencia del despacho del señor Múkar, nuestro techo estaba formado por prismas donde un líquido azul y gasas volátiles evocaban el otro cielo. Instalados en el departamento, Ana y yo llegamos a pensar que, el nuestro, era el verdadero. Y algo más, la vegetación que en ocasiones debíamos apartar para trasladarnos de un lugar a otro nos confirmaba la idea de que éramos dueños de un diminuto paraíso, con su cielo en el techo y su mar en el baño. Y claro, sin tormentas ni truenos.

Apenas llevábamos dos meses cuando comprendimos que el problema de las visitas no era tan sencillo como pensábamos. Por un lado estaba el hecho de que Ana y yo trabajábamos y que, por lo tanto, debíamos abandonar el departamento por lo menos 40 horas a la semana. Cuarenta horas en que éramos como el resto de los habitantes de la ciudad; seres que, a veces y por un instante, suspiran profundo sin saber a ciencia cierta por qué lo hacen. Tal vez, algún Reforma 380. Pero eso no era todo. No en balde Ana era auxiliar de contador y ya había sacado las cuentas. Nuestros trabajos nos robarían al año 1920 horas de nuestras vidas. La cifra era alarmante: 22.17% anual en que desperdiciaríamos Reforma 380. Y lejos de que la envidia de nuestros compañeros de trabajo nos reconfortara si hubieran conocido el lugar donde vivíamos, debíamos aceptar cabizbajos esa quinta parte del año desperdiciada sin compartir nuestro paraíso.

Por otro lado, doña Carmen y Esperancita de malos hijos la primera y malagradecidos la segunda, no nos bajaron. No les bastaban las llamadas por teléfono ni el hecho de que a la primera le llegara intacto su depósito, o de que estuviéramos bien. Querían visitarnos o que las visitáramos. Por lo que concernía a lo primero, aquella cláusula: «la no observancia de lo arriba estipulado será causa de rescisión del contrato y el correspondiente desalojo», que rezaba en el original que firmamos, nos mantuvo inflexibles, sobre todo a Ana que de cuando en cuando extrañaba a su madre. Respecto a lo de visitarlas, suficiente tiempo perdido eran las 1920 horas. Y eso no fue todo. Conforme pasaban las semanas, la reserva de alimentos se fue agotando. Hubo necesidad incluso de perder tres tardes enteras para abastecer de nueva cuenta el departamento. Por fin dimos con una de sus fallas. La inventiva de Múkar nos defraudó un poco, pero ningún dios es perfecto.

Pasados casi tres meses más la reserva de alimentos volvió a agotarse y como se aproximaba Navidad, tuvimos que perder cerca de cinco tardes para comprar los víveres y regalos. Por esos días Ana comenzó a mirarme de reojo pero fingí no darme cuenta. Bien sabía yo que me suplicaba una orden. Ella, por sí misma, no era capaz de desperdiciar el departamento por más tiempo del estrictamente necesario. Y no era que le preocupara en gran medida el enojo de su madre si no íbamos a su casa a pasar la Nochebuena. Pero hacía tanto tiempo que no la veía, que pasar aquella Navidad lejos de ella… no y no.

Yo me di la vuelta ante su problema. Estaba convencido de que la decisión sólo podía tomarla ella. No podía arriesgarme a los reproches de su fiebre numerística, exaltada aún más por el nuevo día desperdiciado. De seguro sus ojos en blanco para deducir otro porcentaje. También su rencor porque (obvio, yo no la acompañaría) mi porcentaje sería unas décimas menor que el suyo.

Y tuvo que decidir. Se quedó en casa. Aquella noche no cenó y el pájaro carpintero la encontró junto al ventanal-acuario cuando hizo su vuelo de inspección, justo antes de dar sus doce picotazos.

En ese momento me acerqué a ella y abrazándola le dije: «Feliz Navidad, mi vida». Pero Ana, zafándose como pudo, echó a correr rumbo al hueco para los solitarios. Lloró casi una hora. En la Reforma de afuera, cadenas de focos, tendidas de poste a poste, esbozaban sonrisas luminosas para los conductores y transeúntes que habían decidido felicitar personalmente a sus familiares y amigos. En unos minutos Reforma recobró la calma. Sólo de vez en cuando un coche se confundía entre las algas y peces del ventanal-acuario y los espasmos de Ana.

El silencio en que se sumergió por fin nuestra Reforma, comenzó a hablarme de un factor que había olvidado considerar. El rencor de Ana por no haberle ordenado que fuera con su madre.

Días después, un poco en forma de reproche, Ana comentó que aparte de establecernos en algún otro lugar, al año tendríamos que restablecer relaciones con la familia y los amigos. Me puse triste. Ya nos habíamos acostumbrado a decir un año para referirnos al tiempo que nos restaba por permanecer en Reforma 380. Miré las hojas del árbol-calendario. Faltaban seis por caer. Tan sólo seis meses más. Esa noche dudé entre comunicarle a Ana que era preferible estar muy alertas de la caída de hojas para que la tristeza no se nos viniera tan de golpe, y callarme y dejarla que siguiera divirtiéndose con el delfín del baño o la lluvia de pétalos que la esperaba en su tocador cada semana. Al día siguiente, mientras recogía una pluma que se me había caído, me di cuenta de la inutilidad de mis preocupaciones. En la pirámide de acrílico transparente que le servía de tocador, difícilmente Ana hubiera podido esconder algún objeto. Seis hojas resecas formaban una pequeña bisectriz en el ángulo inferior de la pirámide. Entonces pensé que tal vez Reforma 380 no fuera un departamento a prueba y que, por lo tanto, no habíamos sido los únicos en habitarlo. Quizá varias veces nos topamos con la tristeza de otra Ana y otro Carlos cuyos ojos reflejaban la pérdida de una ilusión que nosotros no tardaríamos en padecer. ¿Y qué de los que venían en camino? ¿Cuántas parejas más vendrían a gozar de este pedacito de cielo, instalado en una de las avenidas más importantes de la ciudad de México? ¿Cuántos más verían caer las hojas de un nuevo árbol-calendario como si se tratara de un árbol de vida propio? Pero mentiría si les advirtiera a todos ellos que el infierno comienza después de Reforma 380.

Desde ese día, como por acuerdo, Ana y yo evitamos el tema. Por eso, cuando ella empezó a almacenar tablones y clavos en la cuba de los regalos, opté por no preguntar nada.

Nuestro entusiasmo era tal que hubiérase creído que la secretaria o el propio Múkar nos habían telefoneado, diciéndonos que, conscientes de nuestra agonía, habían prolongado el contrato de nuestras vidas por dos, cinco o quién sabe cuántos años más. Y luego Ana retorciéndose en el piso como si una tonelada de burbujas marinas hubieran escapado del baño, para perseguirla por la sala. También, Ana jugando entre las 64 muselinas durazno de la recámara, escondiéndose, evitándome hasta que, desesperado entre ese laberinto de telas, decidía descorrerlas de tres en tres, de cinco en cinco, hasta dar con un cuerpo jadeante por la persecución que caía en la alfombra gimiendo «me doy, me doy».

Dejábamos para después el terrible día en que los regalos guardados en la cuba saldrían con una sonrisa de juguete, porque para ese entonces habría quedado atrás Reforma 380. Con su cielo más real que el plagado de smog de la Reforma de afuera. Con sus paredes brotantes y el hueco para los solitarios que Ana acostumbraba ocupar cuando, arreglando su tocador, se topaba con la colección de hojas. Con los regalos de la caja de sorpresas que sólo teníamos permitido abrir cada mes. Doce regalos nos llevaremos a la casa de doña Carmen. Le gustarán todos pero, en especial, sentirá predilección por la araña de ámbar que Ana no tendrá más remedio que regalarle con todo y su tela de miel, en parte para que nos perdone el año en que la hemos tenido tan descuidada. Luego, de nueva cuenta, la sección del Aviso Oportuno. Las llamadas para pedir informes; la Guía Roji. Otra vez tomarnos un día de descanso con la secreta esperanza de la llegada de Esperancita para deshacer nuestros planes y decirnos «anden, vayan con el señor…» Pero Esperancita ha muerto y los sueños no se repiten dos veces. Lo intuí al comprender que el hombre del techo y yo habíamos tomado rumbos diferentes. Qué suerte la suya al no firmar el contrato. Un departamento normal en una calle cualquiera debe de ser su casa.

Lo veo tranquilo, mirando por la ventana el patio del edificio donde, de vez en cuando, la tarde de otoño deposita una hoja. Fuma y tiene que alargar el brazo para alcanzar uno de los ceniceros que también a él le regalaron cuando fue su boda. Una voz suena a sus espaldas. Es la otra Ana que, parada junto a la cocineta le indica que ya está listo el café. Ambos se sientan sobre la alfombra y platican acerca de nosotros. Incluso pueden vernos, a través del ventanal-acuario, a Ana y a mí sentados en la alfombra, tomando un café amargo en Reforma 380. Sonríen pero no pueden evitar una mueca de lástima cuando Ana se incorpora y deja la taza sobre una charola flotante.

—¿Quieres más azúcar? —me pregunta y sin esperar a que le responda, desaparece de la sala, en dirección de la cuba de los regalos.

Mientras tanto, me apresuro a guardarme en el bolsillo la séptima hoja del árbol-calendario que ambos hemos visto caer.

TU BELLA BOCA
ROJO CARMESÍ

Aún resonaba en sus oídos el piropo. Cerró el zaguán y se introdujo en la casa. Ya en la sala, sus manos descuidadas buscaron, autómatas, la hebilla del cinturón que le ajustaba hasta recordar estrecheces de insecto. Dudó un instante. Su madre y hermanas no llegarían sino hasta las seis. Todavía le quedaban más de tres horas.

Como en otras ocasiones cuando su familia salía de paseo, en la mañana se levantó temprano y entre bostezo y bostezo rasgó un pedazo de periódico para encender el bóiler. Había abierto la llave del gas e introducía ya el pedazo de papel prendido cuando una foto de vivos colores llamó su atención. De inmediato sacó el papel y lo apagó en el agua estancada del fregadero. Pudo al fin contemplar con detenimiento una modelo que posaba su figura esbelta en un vestido vaporoso y multicolor. Buscó el pie de foto: «Colorida y aérea es la moda de la nueva primavera en Liverpool». Como por instinto, recordó el guardarropa de sus hermanas. Pero la conclusión fue poco satisfactoria: Esther, la mayor, prefería los tonos beige, mientras que Susana no salía del azul de sus pantalones de mezclilla. Se mordió el labio inferior; arrancó otra tira de periódico y encendió el bóiler.

Debido a que tenía la seguridad de haber visto un traje parecido al de la modelo, quiso aprovechar los minutos que tardaría el agua en estar lista. Se dirigió al cuarto de la madre y hurgó en el clóset. Pero a medida que revisaba gancho tras gancho la búsqueda resultaba inútil. Se le ocurrió entonces que el único lugar en que podía hallarse era junto con aquella ropa vieja que su madre almacenaba en las dos maletas para las que se había hecho un lugar especial en la parte de arriba del guardarropa. Dos veces estuvo a punto de caer en su intento por bajarlas. Sin embargo, la elasticidad de sus piernas y un sentido del equilibrio que adquirió en la plataforma de diez metros, se lo impidieron. «Vaya, se dijo, siquiera en estos casos sirven de algo los afanes de mamá». De no haber sido por ella, de seguro nunca habría practicado ningún deporte. Siempre fue más atractivo escuchar nocturnos de John Field en compañía de Esther; o simplemente tirarse bocarriba en el pasto del jardín, y observar cómo los edificios que rodeaban su casa crecían y se alargaban hasta alcanzar una estrella. A veces la luna.

Antes de jalar el cierre de una de las maletas recordó las cajitas musicales que almacenan chucherías sólo importantes para quien las guarda. Conforme tiraba del cierre, su estómago quedó suspendido en una pegajosa telaraña. Sus labios delgados se abrieron hasta formar la abertura de un ojal en espera de la flor. El olor a naftalina comenzó a inundar la recámara.

Lo primero que apareció ante su vista fueron las colchitas rosas de Esther. A pesar de que su madre acostumbraba hablar poco de aquella época, no le había costado trabajo intuir los problemas económicos en la propia renuencia a tocar el tema y en la sucesión de las colchitas de Esther a Susana. La situación no debió de prosperar en varios años porque cuando le llegó el turno también las usó. Por supuesto que no se recordaba en pañales, pero aun así la última vez que abrieron las maletas (unos nueve años atrás) no le cupo la menor duda: las identificó como suyas.

Abajo de las colchas, protegido en una gran bolsa de plástico, se agazapaba el vestido de novia de su madre. Lo extrajo con cuidado de su envoltura y se lo midió sobre la ropa. Qué diferencia a cuando se lo probó la última vez. ¿Cuántos años tendría entonces? ¿Siete, ocho? Y luego buscar en el fondo de la maleta el retrato de su madre, el día de la boda. Realmente, sin engaños emotivos, era hermosa. De una belleza que la misma madre reconocía y que la llevó a colgar, años después, amplificadas, sus mejores fotografías en la sala. Las visitas siempre afirmaron su gran parecido con ella.

El recuerdo del agua, de seguro ya casi lista, hizo que apresurara la búsqueda; pero fue hasta la segunda maleta registrada cuando encontró el vestido. Apenas hallado, restregó la suavidad de la tela contra su rostro. No se había equivocado. Tomó un gancho desocupado y luego de colgar la prenda se metió a bañar indiferente al desorden que había dejado en el cuarto.

Desde que decidió aprovechar las ausencias de su familia, cada detalle cobró una importancia singular. Cuando tomó el jabón y comenzó, lenta y suavemente, a untárselo en la piel no pudo evitar estremecerse. El agua descendía a su cuerpo y resbalaba por él atrayendo consigo la capa de jabón, vuelta espuma. La miraba descender imaginando las manos amantes que al desnudar acarician.

Por un momento, su cuerpo se mantuvo estático. Con las manos levantadas a la altura de la cabeza, simulando sostener un cántaro. Otra vez la ilusión de ser la ninfa de una fuente, o tal vez la escultura de un Pigmalión en espera del beso que habría de extraer al deseo de un sueño hibernatorio. Sin embargo, no era deseo dormido lo que había colocado en su piel toda la disposición de las flores maduras en espera del polen. Por el contrario. Pero a sus labios sólo se adhirió la humedad procedente de la regadera.

Tardó horas en vestirse. Bueno, es que estaban la crema para el cuerpo; los rollitos de las medias que había que desenredar e ir ajustando en las piernas, poco a poco; planchar el vestido con una tela húmeda; el cepillado de la peluca… Se colocó frente al espejo para afinar los últimos detalles; un mechón de cabello rebelde y fuera de sitio, aplicarse otra capa de bilé en los labios, dar por desahuciado el asunto de las uñas postizas. Sin embargo, lo amplio del vestido no terminaba de agradarle. Pasó la mirada por la habitación en busca de algo que pudiera servirle; la cama con las dos maletas rebosando ropa por todas partes y la cómoda no parecieron sugerirle nada. Recordó entonces un cinturón dorado en forma de culebrilla en el cuarto de las hermanas. Para ajustárselo tuvo que hundir el estómago hasta que se hizo necesaria la presencia de nuevo aire en sus pulmones. Y por fin salió a la calle.

Regresó antes de lo previsto. De no haber sido por los pies hinchados y la cintura avispada habría permanecido afuera hasta poco antes de las seis. Como no eran numerosas las ocasiones en que tenía oportunidad de aprovechar la soledad de la casa, había dudado antes de iniciar el proceso de desvestirse. Con las manos detenidas en el cinturón recordó frases y situaciones ocurridas unos instantes atrás. Casi soltó la carcajada cuando vino a su mente la imagen de aquella señora que le propinó una bofetada a su esposo al sorprenderlo embobado, perdido en la contemplación de sus piernas. Y la cara del lechero, cuando por unos segundos de distracción, miró su carrito y las cajas de leche regadas por el suelo.

«Mamacita… ¿Te doy un aventón?», y sus ojos observando el rutilante automóvil, para después voltear despreciativamente el rostro, disimulando la satisfacción de su éxito.

Al salir al patio, ya se había quitado el cinturón y las zapatillas. Aunque decidió no salir más, se rehusó a desprenderse de su vestimenta antes del tiempo necesario: quería gozar hasta el último momento. Se recostó en el pasto. Ya a punto de dormirse jugó con la idea de que, si quisiera, con sólo cruzar el zaguán bastaría para poner de cabeza otra vez a toda la manzana.

El ruido de llaves del otro lado del zaguán, le hizo buscar el reloj de inmediato. 6:20. Corrió al interior de la casa y se encerró en la recámara de la madre. Mientras se quitaba el vestido, se arrepintió de no haber colocado las maletas en su lugar.

—¡Carlos, Carlos, ya estamos aquí! —escuchó que gritaba su madre al tiempo que, con la sensación de las paredes transformadas en rejas, sólo atinaba a untarse crema en los labios para desvanecer la huella carmesí del bilé.

ANIMALES
QUE MUDAN DE PIEL

In memoriam J. C.

CLARO QUE PODRÍA considerarlo como una mal-
dición de Julio. Se entiende, después de todo,
porque descuidé la edición de su libro *De reptiles y
otros urodelos*. Julio afirmó comprenderlo. Pues sí,
che, me jode pero (manotazo de su manaza en mi
hombro) quién podría tener la cabeza en su lugar
con la Nora. Y bueno, es que él también conoció a
Nora aunque lo de su libro y las erratas sucedió antes,
cuando Nora sólo era tormenta para mí y no Julio
—que por esos días se paseaba en Palermo con Carol
Dunlop, bajo un cielo de lo más aplacido. Y mientras tanto yo peleándome con Nora pero sin saber
todavía su nombre, tan sólo lo de su automóvil de
lujo incrustado en el motor de mi volkswagen y en
consecuencia, señorita Pendeja, ¿no ve que estamos
en alto y yo también llevo prisa o es de gratis el compromiso con el libro de un Julio de Tal? Y usted
metiéndoseme hasta el (asiento) trasero, ¿que no ve,
pues, que no es el momento? Y luego, sólo el Señorita, porque después de todo se bajó a pesar de que su

automóvil ni un rasguño, pero sí la Maga toda enfu-
rruñada, mascullando como loca, aunque la más loca
fuera Nora entre los mascullidos y mi cuello dislo-
cado, sin saber a quién mandar primero al hospital.

Que su coche estuviera asegurado fue casi una
bendición hasta el momento en que, medio cuerpo
inmóvil y en silla de ruedas por si las dudas, recibí
la visita de Morales para echarme a perder la fiesta,
porque desde el choque Nora se había hecho cargo
de mí, a pesar de las crisis de la Maga que se rehu-
saba a comer en protesta a tantas horas de abandono.
Y entonces cómo no enojarme con Nora y la Maga
que se le metió entre los pedales, pero más con Nora-
loca: que a la gente se le ocurra pasear a sus perros
pasa y sale, bueno… hasta a sus pericos, pero a la
Maga… Y luego de la tormenta, el chasco-chubasco
porque ahora sí, tanto que Julio me había recomen-
dado que tuviera especial cuidado con uno de sus
cuentos, «Mudar de piel», con aquello del parecido de
los nombres de los personajes que párrafo a párrafo
se alternaban en un entrecruzamiento tal de perso-
nalidades que la capturista revolvió los nombres y
luego tener que corregirlos y alternarlos para que los
originales quedaran virtuosos de tan inmaculados
como el resto de los cuentos que integraban *De reptiles y otros urodelos*. Y Morales diciéndome que sin
duda la culpa la tenían los de negativos que tratan
los originales con las patas y de seguro en las idas y
venidas se les cayeron los injertos, pero que también
yo me habría dado cuenta del entrecruzamiento de

nombres de haber llegado a revisar pruebas azules, y entonces les hubiera caído en la maroma involuntaria del cambio de unos por otros, para no pensar en un franco boicot pagado por la competencia de forma tal que Julio ya no volviera a soltarnos los derechos de primera edición, porque para que yo no me diera cuenta de algo así hubieran tenido que cambiarme a mí con mis obsesiones y mi vigilancia maniacoide, o prever el futuro y sólo esperar a que Nora irrumpiera en mi coche como el desatar de una tormenta inesperada en cielos aplacidos y también palérmicos, porque Julio lo supo casi al momento cuando tuvo un presentimiento y le llamó a Morales para averiguar cómo iban las cosas, y Morales temiéndome a mí, pero más a Julio, le dijo lo del cambio de nombres en «Mudar de piel», y entonces Julio inesperadamente de lo más tranquilo como si desde siempre lo hubiera sabido y de ahí el anticiparse y predecir con su historia el final de la mía.

Por fortuna, la cercanía del Encuentro de Escritores en Minería impidió que la angustia por haberle quedado mal se me volviera agónica y *paranoidecuándo*. El día de su llegada a mi departamento coincidió con una visita al doctor y sólo Nora pudo recibirlo pero bien pronto tuvo que hacerlo a un lado para correr en pos de la Maga que, ya instalada en mi departamento y a punto de un nuevo ataque de celos, amenazaba con tirarse por la ventana, aunque sus garras fuertemente aferradas al marco metálico le sacaran a Julio una sonrisa de displicencia, porque además de todo estaba el

nombre de la Maga que bien podía tomarse como
un homenaje que Nora, sin reconocerlo, le negaba al
dejarlo arrinconado sin ginebra ni cenicero a la mano
para tantos Gauloises que había fumado.

Que Nora lo descuidase porque en realidad igno-
raba la identidad y la importancia que para muchos de
nosotros tiene Julio es algo fácilmente emparentable
con su automóvil del año, los bares en los que acostumbraba velar la noche, su puesto como secretaria
ejecutiva en una trasnacional, y su cuerpo tan bue-
namente formado. Sobre todo su cuerpo tan bonda-
dosa y profusamente formado que lo obligaba a uno a
reparar sólo en la obra y a olvidarse del espíritu que la
animaba, como le dijo uno de sus cortejantes, arquitecto, poeta e intelectual de fachada que le regaló a la
Maga con todo y nombre pero sin *Rayuela* y mucho
menos, manual de instrucciones.

Como quiera que fuera lo del bondadoso cuerpo,
lo cierto es que Nora de tan ingenua pecaba de ternura y uno siempre terminaba disculpándole lo tonta.
Al menos eso pensaba yo, hasta que Julio me guiñó
un ojo —ya de vuelta del doctor, ginebra en mano
y en saco remendado lo de las erratas:

—Pero vos que le creés… Recordá que la Nora
tiene sus sorpresas —dijo y estalló en una carcajada
porque recordó lo que yo le había contado, que junto
con la Maga, el arquitecto intelectual se había regalado a sí mismo pero Nora lo había puesto de patitas
en la calle, diciéndole que no podía tener «animales
tan grandes en su casa».

No me costó mucho trabajo comprender que Julio tenía razón. Nora iba y venía por mi departamento y en el transcurso yo la observaba desplazarse, ocupar el espacio hasta hacerlo suyo; eso sí, siempre y cuando la Maga se lo permitiese porque a los pocos días del accidente también ella hizo deambular sus patas por todos los rincones del departamento, olisqueando y a la vez impregnando con sus olores los nuevos territorios conquistados. Pero cuando la Maga se apaciguaba en medio de un tazón de leche o en lo más mullido de mis cojines favoritos que después de todo yo no podía disfrutar, Nora pasaba sus tardes leyéndome algún libro. A Julio prefería dejarlo para luego, a pesar de la insistencia de Nora por conocer la historia verdadera de la Maga y otras rayuelas ya que, bueno, si Julio le había mencionado lo de su novela y de la existencia de la otra Maga pues entonces qué mejor que enterarse, tal vez así la conozca mejor, digo, a la mía, y sepa a qué atenerme con tantas horas de enfurruñamiento y celos y mal humor. Y yo diciéndole que no, que la otra Maga era diferente, alocadamente distinta, con fantasmas de otro tipo, cuando la verdad es que alguna sospecha se me colaba en el corazón y algo me decía que mejor lo de Julio después, luego, cuando ya estuviera del todo recuperado y pudiera mirar frente a frente su obra sin instalarme en la imagen de la culpa; cuando nos acostumbráramos a que «Mudar de piel» no se alteraba en gran medida porque al final el resultado era el mismo aunque Julio y yo —pero sobre todo yo (pero sobre todo Julio)—, pensáramos otra cosa.

Recuerdo que Nora acostumbraba usar (para la hora de las lecturas) unos lentes de tía regañona que le afilaban los rasgos. El pelo cayéndole por madejas en los hombros como chorros de agua. Por lo común echada sobre un costado y con las piernas flexionadas. Ignoro por qué pero en esa posición siempre le brillaron más los ojos. Tal vez los reflejos del armazón cuando la luz rebotaba en sus extremos afilados, casi puntiagudos. Creo que una vez le pregunté por qué usaba un modelo tan anticuado. Se tomó su tiempo y al final dijo mientras echaba un vistazo a los cojines del otro sillón:

—Porque me recuerdan a la Maga —pausa—. Y, bueno, además porque me gustaron.

Tarde a tarde fui adentrándome en el pasado de Nora. En realidad no era que yo hiciese muchas preguntas, pero a menudo ella cortaba la lectura, sorprendida de que por momentos un autor hubiese escrito sobre su vida sin que ella o el propio autor se hubieran conocido. Me costaba trabajo, incluso, sacarla de su «pero si soy yo, ¡soy yo!», porque al rato ya se estaba inventando trozos de vida para seguir al punto la existencia de esta o cual heroína. O lo que era peor: buscaba entre sus recuerdos infantiles aquellos que mejor cuadraban al análisis psicológico que un autor o el mismo personaje hacían de su vida pasada en aras de hallarle sentido a tanto caos, conflicto y crisis posteriores. A falta de ellos, Nora comenzó a buscar a su alrededor y se topó con la figura de la Maga.

—Sabes —comenzó a decirme en alguna ocasión—, a la mejor la Maga viene a ser como… No, no, olvídalo. Es una tontería.

Y la dejaba callar, desviar el tema o reanudar la lectura porque —pensaba— ya habría tiempo también para eso, cuando me recuperara del todo y llevase a Nora a cafés, exposiciones, cines de arte, y Nora comenzase a descuidar a la Maga, a desconfiar de la filosofía «la empresa eres tú» de su jefe, o de la «sana» diversión de sus bares de manita sudada y mírame y no me toques. Claro que su jefe pondría cara de imbécil cuando Nora le explicara que quería renunciar para irse a trabajar de simple correctora de pruebas; por supuesto que sus cortejantes se mostrarían verdaderamente indignados cuando les dijera que los había cambiado por un editor de libros de literatura; pero claro que la Maga amenazaría con más suicidios aparatosos ingiriendo veneno para ratas o cortándose las venas. Pero después, poco a poco, vendría la consolación de la Maga al darse cuenta de que Nora prefería acompañarme, sin mayor culpa, a algún coctel que quedarse a escucharla mascullar lastimeramente toda la noche. Poco a poco iría resignándose a deambular por los techos, contentándose con cazar lagartijas y cucarachas del departamento de junto. Qué lejos, entonces, el calorcito del cuerpo de Nora y ella dormidas en la misma cama; más lejos aún las caricias en el lomo y el rastreo de alguna posible pulga ante el más leve cosquilleo. Muy, pero muy lejos, la vez aquella en que, regresando del doctor, Nora me esperaba con la habitación a oscuras. Cómo olvidar aquel temblor de pies a cabeza cuando, dos pares de ojos relampaguearon en la oscuridad. Nora y la Maga por supuesto, pero... ¿quién cuál?

Por fortuna Nora rompió el silencio: «Aquí, Gilberto, aquí, no te confundas». Pero para entonces, sin avisarme siquiera, alguien dentro de mí ya había tomado la decisión de apartarlas.

Y en efecto, Nora cambió tanto que el mismo Julio, seis meses más tarde, no acababa de reconocerla luego de tanto express, *Sinfonía fantástica, Paradiso* y todo. Recuerdo su cara de estupefacción, su gesto azorado de «No puedo creerlo, che, pero, decime vos, ¿qué le habés hecho a la Nora?».

Como era de esperarse, a pesar de todas mis evasivas, Julio preguntó por la Maga. Recuerdo con toda exactitud el movimiento de la mano de Nora hasta tocarse los labios y cerrarse la boca como para acallar un grito de angustia repentina.

—Salió a jugar con un enamorado ayer y ésta es la hora en que no regresa —me apresuré a contestar con tal convicción que pudiera yo mismo terminar creyéndome que la Maga no se había ido hacía dos, tres, cinco días o tal vez una semana, para luego cuando se tratara de convencer a Nora, no me temblara la voz o me delatara esta cara de falsario cada vez que me veo en la necesidad de engañarla.

Por fortuna el incidente no pasó a mayores.

—Julio, disculpa, ¿qué hora tienes?

—Las nueve menos cuarto.

—Pero si es tardísimo. Vámonos, Nora, o llegaremos tarde. Y tú, Julio, ¿nos acompañas?

—...

—Anda, anímate. Mira, vamos un rato al coctel, luego a cenar y te pasamos a dejar a tu hotel, o si prefieres quedarte a dormir en la casa...

Pero no se animó. No podría asegurarlo pero cada vez que reconstruyo la escena recuerdo la mano de Nora lanzándose contra su rostro como una cachetada y no sólo para taparse la boca y no gritar. Al mismo tiempo, la mirada felina de Julio sabiendo, mejor que yo, que más que tapabocas era la cachetada de la conciencia, de la primera llamada para la reacción. Y no podría asegurarlo pero por un momento un ojo de Julio parpadeó encontrando eco en el titilar de los ojos de Nora, aunque ella sólo lo hiciera cuando estaba a punto del llanto, cuando yo la regañaba porque a la muy tonta se le ocurría cada niñería... Y no podía estar seguro porque Nora no lloró, ni siquiera se le enrojecieron los ojos o se le paró la trompita por la hinchazón. Por el contrario, tomó su bolso y el brazo de Julio para salir a la calle y ahí, hecha toda una Maga inocente, se despidió de él; luego la llegada a la galería, el pasar revista a los conocidos, las pláticas de diez, o veinte minutos en que hasta el más pendejo quiere resolver los problemas de la vida y el arte. Y sí, pero para qué darle vuelo a las críticas de Nora que de tan sincerota, al fin sagitario, pecaba de indiscreción.

—Pose. Vedettes. Show. Te lo digo en serio, no sé cómo se puede perder el tiempo en medio de tanta frivolidad. Pura afectación. Tú criticas a la Maga por visceral y melodramática… Pero por lo menos ella no se engaña para aceptar que me quiere y que me necesita. En cambio esa gente quiere aparentar que nada les afecta, que entre sarcasmos y una actitud indolente, se les pasa la vida como si nada. En realidad son unos prepotentes.

—Y yo te digo que no te pongas de moralista, Nora, en verdad no te queda. Tómalo como lo que es: un show, y diviértete.

—Pero es que ya no puedo. No lo soporto.

—Pero bien que has podido soportar a toda esa bola de pendejos que te hacían la corte llevándote los domingos a tomar tu helado de fresa en Chiandoni…

Y entonces el resabido titilar de ojos, el enrojecimiento repentino, la trompita parada, y, por lo tanto, esa frase que Nora había empezado a echarme en cara durante nuestras cada vez más frecuentes discusiones. Nora, cálmate, ¿qué no ves que nos está viendo la gente? Y la cantinela de Nora después en el coche o en la cama: «Gilberto, pero ¿es qué no te das cuenta? Reconoces, sabes que está mal y lo aceptas y además me la regresas y por si fuera poco te preocupan más ellos que yo».

Y entonces, las primeras veces: No, Nora… ¿pero cómo se te ocurre? Y Nora cediendo, abriendo espacio para mis caricias y arrumacos, los besitos en los ojos y en el pelo; prefiriendo creerme porque si no cómo seguir a mi lado, convencida de que ella llevaba la razón y que por lo tanto era mejor dejarme, regresar a su mundo o explorar nuevos, pero no a mi lado, ella a solas con su amor, sin mí, y por eso era preferible quedarse quieta ante mis mimos, vendándose los ojos y la conciencia, dejándose llevar hasta la cama o sumergirse en un tazón de leche. Igualito que la Maga recién llegada a la vida de Nora. Dócil y maleable.

Pero, al igual que la Maga, no por mucho tiempo. Ignoro cómo fue pero algo se rompió. Yo siempre le pedí (porque lo creía necesario) que terminara con su mundo mojigato y reaccionario, «Alienagato», le decía de broma, pues, y ella sonreía. Al principio puso ciertos reparos pero entre tantas salidas a reuniones, el cuidado del departamento y de mi persona, las noches de amor irrenunciable, Nora me fue permitiendo abrirle nuevos horizontes y desechar otros (caso de la Maga). Circunscrita al círculo de mi vida, amiga de mis amigos que no obstante siempre fueron más amigos míos, Nora comenzó a sentirse sola. De pronto, supongo, sólo me tuvo a mí. Y también por eso, supongo que como un acto de venganza desconocida hasta para ella misma, Nora, la tan buena y profusamente formada Nora, comenzó a quererse tirar por la ventana toda vez que alguna escritora venía a la casa a platicar o a dejarme originales. Como en «Mudar de piel» todo estaba previsto. La transformación de Nora en la Maga, con las subsiguientes e irremediables consecuencias. Nora con ataques de celos, Nora con más numeritos en plena reunión; Nora echada frente a la ventana, observando por horas el vuelo de los pájaros y el deambular extraviado de la gente; Nora metiéndoseme entre los pedales del coche, sólo que, como íbamos en mi volkswagen y no en su auto último modelo, los dos acabamos en el hospital.

Por supuesto que también hubo variantes. Pedazos de cristal incrustados en mis ojos, la condena a la invalidez. El brazo roto de la nueva Maga y su cuello tan luxado que al igual que yo en meses anteriores tuvo que usar collarín por varias semanas. A decir verdad, eso es lo que me ha dicho Julio ante mi insistencia por conocer más datos sobre ella.

Luego el silencio. Adivino la mirada felina de Julio más allá de la ventana que supongo ilumina mi habitación por las mañanas. Más allá, como queriendo huir antes de que la pregunta se me venga a los labios como una reclamación, o como el anhelo —desesperado— de encontrar una respuesta de vida a la cual atenerme. Pero también eso es inútil. Sé lo que Julio va a contestarme. No en balde sus historias tienen un final abierto. Desgraciadamente.

LAGARTOS Y SABANDIJAS

I

Afuera, la lluvia caía como si floreciera y en la calle de enfrente los tiestos *lluviaran* flores azules. Ignoro que tan válida sea la imagen, pero lo cierto es que James veía de esta forma el mundo. Siempre detrás de su escritorio, rodeado por puertas y biombos de madera en exhibición, aislado del trajinar de transeúntes y automóviles gracias al vidrio de los aparadores, James llevaba dieciséis años contemplando pasar la vida frente a su negocio. Por eso, cuando la Vida entró sin pedirle permiso, descorriendo bruscamente las puertas corredizas de la entrada para decirle que ahora le tocaba a él, James no pudo resistirse. La Vida dijo:

—Soy un experto vendedor de puertas de madera. Y James, anonadado, contrató a la Vida por un lapso de tres meses.

II

Y la Vida tuvo un nombre (Gerardo Palacios) y una presencia que dejó en la penumbra a las figuras adyacentes: Nicolás, un hombre mayor que a la llegada de Palacios pule una puerta de caoba, y Adela, una niña de nueve años que en este momento revuelve el interior de una caja de zapatos forrada de celofán. James la escucha vaciar la caja sobre una vitrina y le dice:

—Olvida los chunches, Ade.

Adela se sube las calcetas que se le han enrollado por debajo de las pantorrillas y contempla a James con asombro. No entiende que su amigo tenga los ojos clavados en la lluvia constante en vez de reunirse con ella para revisar la colección de chunches que ambos guardan en la caja. En vez del James de todos los días, Adela piensa que parece uno de los hechizados por Madama Theljú a la espera de una orden para treparse al alambre y cacarear como una gallina suicida.

Casi un cacareo es lo que dice James poseído por una melancolía copiosa: «Afuera la lluvia florea. Los tiestos *lluvian* flores azules. La gente trae zapatos y trajes charoleados. ¿Será la lluvia o es que hay función de circo también hoy?».

—Madama Theljú se fue hace mucho… —responde Adela—. Ayer pasó una camioneta anunciando que va a venir otro circo. Traen un elefante pequeño… James, ¿tú crees que me dejen subirme?

—Los elefantes cargan princesas.

—Entonces voy a decirle a mamá que me haga un disfraz. Mira, ya casi para la lluvia, ¿por qué no vamos a buscar más chunches?

—Espérate, Ade, alguien va a entrar... —musita James sin quitar la vista del sujeto que intenta descorrer la puerta de la entrada. Como la puerta no cede, el hombre da un tirón rabioso y consigue destrabarla. Indiferente a la estela de lluvia que dejan sus pasos, se aproxima a James. Mientras dura el trayecto, Nicolás sigue con la mirada al recién llegado, luego observa el charco de agua junto a la puerta y refunfuñando se dirige a cerrarla.

James contempla al desconocido pasarse una mano poderosa por la frente. Despejado de agua y cabellos, surge el rostro de Gerardo Palacios: facciones demasiado recias para un hombre tan joven —reflexiona la parte de James que aún puede pensar—, plancha de acero en la mandíbula, cejas oscuras que ennegrecen la mirada. De repente, un cascabel brinca de un lado a otro de la boca de Palacios y dibuja una sonrisa que da en el blanco: el rostro de James transpira fascinación.

Adela también ha visto la sonrisa de Palacios. Intrigada, se aproxima a su amigo y al recién llegado. Lleva una lagartija aplastada que recogió con James la última vez que fueron al circo.

—Mira... se secó —Adela le ofrece la lagartija. James extiende la mano para recibirla pero se le cae. Al recogerla, admira las botas puntiagudas del desconocido.

—Hola… Soy un experto vendedor de puertas de madera. Mi nombre es Gerardo Palacios y puedo serte de mucha ayuda.

James se incorpora con la lagartija entre las manos.

—He levantado una docena de negocios como el tuyo. Me gusta levantar negocios ajenos, tú sabes, verlos prosperar, que caminen bien y luego irme. No es la primera vez que paso por aquí, pero siempre que pasaba me decía: «A ese changarro le falta alguien que se mueva y consiga clientes».

Adela jala del cinturón a James y éste le entrega la lagartija sin mirarla. Por primera vez el desconocido observa a la niña. Le sonríe pero en esta ocasión el cascabel se queda a medio camino. Adela se oculta tras su amigo.

—Primero tenemos que vender muchas puertas —agrega Palacios dirigiéndose de nuevo a James, quien repara por primera vez en el escaso número de existencias del aparador—. Pero antes que nada, hay que conseguir quién las haga —mirada de Palacios en dirección a Nicolás—, porque eso sí te lo aseguro: no nos vamos a dar abasto… Ya verás todos los clientes que voy a conseguir.

Y como James permaneciera en silencio, Palacios arremetió:

—Esta es tu oportunidad, ¿comienzo mañana?

III

Cuando Palacios salió a la calle, nada volvió a ser igual. James dispuso limpiar el escritorio de la trastienda para mudarse ahí y dejarle espacio a su nuevo socio, porque así fue como quedó contratado Gerardo Palacios al finalizar aquella su primera entrevista.

James dirigía aún la maniobra de limpieza que Nicolás llevaba a cabo en el ruinoso escritorio, cuando Adela insistió de nuevo:

—James, ya dejó de llover. ¿Vamos a buscar chunches en el parque?

El hombre pareció no escucharla, le tomó la mano y se la abrió para depositar ahí un beso. Adela no entendió que la despedía y se quedó parada contemplando cómo James sacaba de atrás de un anaquel la charola con restos de comida que por la tarde le llevara Matilde, una mesera de la fonda de su madre.

—Llévasela a tu mamá —le dijo al extenderle la charola con platos sucios.

—James… —se quejó la niña—, me lo prometiste… Tú me dijiste que si terminaba bien mis pruebas de fin de año, me llevarías todas las tardes por chunches…

—Anda, Ade, vete al restorán. Tengo muchas cosas que hacer —dijo James, encaminándose a la trastienda.

Adela sintió deseos de patear a su amigo, pero se contuvo. Recordó entonces a Madama Theljú, cerró los ojos y dijo para sí:

Lagartos y sabandijas,
que James regrese y repita:
anda, Adela querida,
jugaremos a lo que tú digas.

... Sólo que James tenía demasiados hechizos en el
alma para reparar en otra cosa que no fuera dejar
el escenario dispuesto para la actuación de Gerardo
Palacios, el hechicero mayor.

IV

No era que James y Adela hicieran grandes cosas
juntos, pero sabían matar el tiempo sin sentirse cul-
pables. Como cuando inventaron que James debía
pronunciar correctamente la *ch*. Todo empezó con
la historia de los chunches, como llamaba la mamá
de Adela a todo objeto que James y su hija iban reco-
giendo de la calle y que después mostraban a propios
y extraños como si se tratara de un tesoro. (Entre
los más preciados: una polvera metálica con forro
de piel de cocodrilo, un pedazo de vidrio tallado
en forma de lágrima y el esqueleto de una lagartija
que podía verse a través de su piel ya descamada y
transparente).

Fueron tardes completas articulando chunches
con todos los remiendos linguales posibles hasta
que James, dieciséis años después de haber llegado
a México, adquirió carta fonética de naturaliza-

ción. Y para no perder práctica, se pusieron a desempolvar palabras que nadie conocía del diccionario. Entonces sobrevinieron aquellos diálogos con las palabras recién aprendidas que más bien parecían mensajes cifrados. Al menos, eso pensó Nicolás al escucharlos ensayar tanta palabreja y reír como si el asunto tuviese mucha gracia.

Aquel asunto de experimentación fonética, coincidió con la llegada de Madama Theljú y su feria de gitanos. Clarividente, hechicera y espiritualista, la Madama atrajo a un público numeroso que le solicitaba actos de adivinación y dominio mental. Para Adela no fue difícil convencer a James cuando, en una de sus caminatas vespertinas en busca de chunches, se toparon con el cartel de la hechicera. Moruna, de ojos verdes, maciza de carnes aunque ya entrada en años, con ropajes y velos que evocaban ilustraciones de *Las mil y una noches,* Madama Theljú seducía, sobre todo, con la magia de su voz.

—Extranjero... Sí, tú... Bríndame un poco de tu atención.

James se paralizó como conejo ante la luz del reflector. Adela, junto a él, le apretó la mano.

—Hombre del Norte, voy a pedirte un favor. En la bolsa de tu saco llevas un mensaje. Nunca lo he visto, pero te diré letra por letra, palabra por palabra, cuál es. Anda, dáselo a tu niña para que ella lo muestre a quien quiera verlo y se compruebe mi poder.

Como James no reaccionaba, Adela hurgó en su traje. Extrajo una hoja rayada con las últimas palabras que habían sacado del diccionario. De las manos de Adela, el papel corrió hasta la última fila.

—Charrán… ¿Chamusquina?… ¡¿Chisgarabís?! —dijo la hechicera como en un trance.

Alguien del público lanzó una carcajada. Madama, quien se había vuelto de espaldas mientras el papel circulaba de mano en mano, se bajó de la tarima y fue a buscar al insolente. Era Nicolás. Apenas la hechicera pasó sus dedos por la frente del hombre, éste cayó en trance y la siguió a la pista. Suave pero certera, la voz de Madama dictó órdenes. Obediente, el hombre se trepó a una banca y cacareó como gallina, primero montado en una pata, después en otra, luego en ninguna. Nicolás se precipitó al suelo y entonces recuperó la conciencia. Adela y James lo vieron correr asustado mientras el público aplaudía, asombrado, a la hechicera.

El acto había concluido y la gente se aprestaba a salir cuando Adela escuchó que la llamaban. Era Madama Theljú.

—Sultana… —comenzó a decirle una vez que la tuvo cerca—, voy a revelarte un secreto. Dile al extranjero que se cuide de alzar castillos en el aire. Él es incrédulo y saturnino para los consejos, pero a ti te quiere. Convéncelo de que no preste oídos, ni ojos, ni boca a las promesas repentinas… o los arcanos celestes harán caer un rayo sobre su torre.

Y se llevó dos dedos a la boca para jurar con un chasquido. Después, introdujo la mano en el corsé de lentejuelas y aparecieron tres sobres de papel metálico. Adela contempló los ojos verdes de Madama Theljú mientras elegía uno de ellos. Escogió el que le recordaba la envoltura de la caja de los chunches.

—Así que eres soñadora. Escúchame bien porque esto será el sello de tu vida: cierra los ojos y verás cumplirse lo que pidas.

Apenas la vio alejarse, Adela corrió en busca de James.

—Dice que te cuides de subir a edificios altos… Porque eres satur… —Adela frunció el ceño como si trajera escrita la palabra en la frente—, bueno, porque te mareas y te puedes caer.

—¿De veras eso te dijo, Ade?

—Sí y que voy a ser una gran hechicera. Todo lo que yo pida se cumplirá.

Adela le explicó que Madama Theljú le había mostrado tres sobres para que eligiera y que entonces le había revelado su destino.

—Y el sobre… ¿qué tenía?

Adela recordó que ni siquiera lo había abierto, pero se apresuró a contestar:

—Palabras mágicas… No puedo decírtelas.

V

A partir del momento en que Palacios llegó a sus vidas, pocas ocasiones tuvo Nicolás para jugar a enfurecerse. Entonces y repentinamente, dejaron de abundar las tardes ociosas en que se quedaba solo en el comercio mientras Adela y James iban en busca de más chunches. Por su parte, Adela sólo tuvo ocasión de estar con él y con James las veces que ordenaban comida a la fonda de su madre. Por ello, aunque apenas pudiera con la charola, Adela se obstinaba en llevarles la comida. Eran ocasiones en que Palacios no estaba presente porque él acostumbraba comer en el Kiko, el restaurante de la esquina, y Adela podía permanecer en la tienda sin sentirse vigilada, con el pretexto de que esperaba los platos sucios. Cuán desconocido le resultaba entonces el perfil de James, aquella piel abrillantada en las manos y en el rostro como si un sol lo iluminara por dentro, ese aire del que sueña despierto y al que la sola mención de un nombre puede sumir en una ensoñación más profunda. Fueron momentos mudos y dolorosos en los que Adela no se resignaba aceptar que la cercanía de unos seres va de la mano con la separación de otros.

Adela terminaba por apretar el llanto y ponerse a contar lo que fuera: hombres con sombrero, señoras con carrito de bebé, autos amarillos… o las puertas que se iban apilando en los aparadores y alrededor de James. Palacios cumplía su palabra. Gracias a él Nicolás no se separaba de su mesa de trabajo más que para resollar y James tuvo que contratar dos chalanes para que lo ayudaran. La consigna era hacer puertas. Las medidas y diseños los establecía Palacios. Al cabo de un mes, había tantas que fue necesario almacenarlas en la trastienda. Palacios las ofrecía tan caras que cualquiera hubiera pensado que no quería venderlas. El propio James se sorprendió de los precios y por primera vez le pidió a Palacios explicaciones.

—No vamos a regalar nuestro trabajo —fue la respuesta de Palacios.

—Pero con tantas puertas… Si no vendemos, no podré seguir comprando madera…

Por primera vez, James enfrentaba a su socio. Palacios se dio la media vuelta y salió sin añadir palabra. James esperó el resto de la tarde a que su socio volviera. Se fueron los chalanes, después se marchó Nicolás, de modo que cuando Adela pasó con Matilde a comprar el pan, pudo verlo esperando detrás de su escritorio, completamente solo. De regreso, las cortinas ya estaban bajadas pero adentro había luz. Adela imaginó a James sentado en su escritorio sin saber cómo matar el tiempo. Pensó en traerle algo de cenar. Pero la fonda estaba repleta con la gente que había salido del cine y su madre la entretuvo pidiéndole que la ayudara con los refrescos. Eran ya más de las nueve cuando se escapó con un plato de tostadas. Caminó corriendo la media cuadra que la separaba del comercio de James a costa de una tostada que se quedó en el camino. Estaba a punto de tocar la cortina cuando escuchó que alguien gemía adentro. Se espantó: era James. Y de pronto, la voz de Palacios pateó vigorosa:

—Así es como te gusta que te traten, ¿no es cierto?

James volvió a gemir; luego se escuchó que arrastraban una silla. Adela no lo pensó dos veces antes de patear la cortina metálica.

—James… James… —gritó.

Los ruidos cesaron. No sabía cómo pero aún conservaba en las manos el plato de tostadas. Se alegró de haberlo llevado: se lo estamparía a Palacios en la cara… Pero no abrieron, ni dieron señales de vida. Adela permaneció unos segundos a la espera. Al parecer, ellos también esperaban. Los dos, juntos, aguardaban que se fuera. Pasó un grupo de muchachos entre los que Adela reconoció a uno de los chalanes. El otro también la reconoció y comentó algo a sus compañeros. Mientras se alejaban, los escuchó acallar una carcajada. Sintió un hormigueo en la cara. Soltó el plato y lo miró romperse contra el suelo. Echó a correr rumbo a la fonda de su madre. Antes de llegar, miró en dirección del negocio de James. Él y Palacios subían al auto del primero. Adela se precipitó al interior de la fonda: lo último que hubiera deseado en este mundo era que la viesen llorar. Tropezó con su madre. Doña Adela iba a reprenderla por salir sola de noche, cuando su hija se le abrazó a la cintura y comenzó a gemir. Consternada, decidió que los regaños podían esperar.

—Le hace cosas malas… y se va con él…

Doña Adela intuyó que hablaba de James, pero como otras veces desde que su esposo había muerto, se le anudaron las palabras y, hechas bola, ya no pudieron salir. Acarició la cabeza de su hija e hizo señas a las muchachas para que cerraran el negocio. Con paso suave, la encaminó a la trastienda. Entre lágrimas, Adela vislumbró el cancel de madera que separaba la fonda de su casa. Cuando lo tuvo enfrente soltó una patada que hizo tambalear la hoja de tri-play. Mamá hizo ademán de regañarla, pero sólo dijo cansadamente:

—No voy a limpiar esas manchas. Cuando se caiga la puerta, sabremos con cuántas patadas la tiraste…

A Adela se le escapó un sollozo. Recordó la cortina del negocio de James, también la había pateado y no por eso había cedido.

VI

Después del incidente de las tostadas, Adela tardó una semana en volver al negocio de James. En una ocasión, iba con Matilde al mercado por la acera de enfrente cuando James le hizo señas para que se acercaran. Adela apretó el brazo de Matilde y le dijo: «Si te cruzas, le digo a mi mamá lo del plomero». La muchacha miró a James con pena y alzó los hombros. Siguieron de frente. James hizo un intento más el día en que Adela venía sola de inscribirse al nuevo año escolar. De hecho, se cruzó a la acera de enfrente y le cerró el paso. Por un instante, ambos se mantuvieron estáticos. Recuperada de la impresión, Adela sólo pudo recordar el silencio al otro lado de la cortina cuando le llevaba el plato de tostadas y James se negó a contestarle. Entonces echó a correr.

James dejó de insistir. Por más que evitaba verlo, Adela creía intuir su dolor en la manera en que James volvía a sentarse detrás de su escritorio a contemplar la vida cuando Palacios no estaba. Y decidió ir a perdonarlo, sólo que James había salido; también Palacios y los chalanes. A solas, Nicolás revisaba el diseño de una casa de muñecas que le encargara días atrás su patrón. En vez de recibirla molesto, dejó el papel y la invitó a sentarse a su lado. Adela se abrió camino entre aquel laberinto de puertas de madera y paredes invisibles. Al principio no hablaron. Adela tuvo tiempo para examinar aquel negocio tan dolorosamente ajeno: los estrechos corredores entre las pilas de puertas acostadas, recostadas, inclinadas, paradas; el escritorio de James ahora con un sillón de ejecutivo y el radiante teléfono color pistache. Buscó con la mirada hasta dar con la caja de zapatos donde guardaban los chunches. Al principio no vio toda la caja, sino uno de sus picos rasgados, bajo una pila de puertas inclinadas. Tuvo deseos de rescatarla, pero Nicolás —que por lo visto había repasado con ella el lugar— la detuvo con una frase que a Adela le recordó un mundo casi olvidado:

—Qué de cosas han pasado… Y apenas si fue ayer que la Madama esa me agarró de su gallina.

Y tan lejano el nombre que, de no haberle visto los ojos a Nicolás mientras lo decía, le habría dado una patada por andarse burlando así de ella. Pero Nicolás no se burlaba, las cosas que habían cambiado también lo habían afectado a él. Trabajaba el doble, ganaba lo mismo y, por si fuera poco, tenía que estarse «aguantando cómo le veían la cara a don Jaime».

—Ahorita se fue con el mandilón ése, quesque a cerrar un trato…

Y luego, después de quedarse pensando:

—Pero qué trato ni qué ocho cuartos… No sé cómo lo aguanta don Jaime.

Adela permaneció callada, y Nicolás continuó hablando consigo mismo.

—Ya le dije que me voy… que se busque otro maestro… No quiero que luego anden diciendo que hasta yo me aproveché de él…

De nuevo el silencio. Lo interrumpió el teléfono… Nicolás fue a contestar. Era para Palacios.

—No sé para qué pusieron el teléfono. Puras llamadas para ese mequetrefe… Se tarda horas hablando quesque con sus clientes.

—Y James… ¿no se enoja?

—Se encorajina… pero se aguanta. Porque eso sí, don Palacios tiene un genio que… Y don Jaime prefiere aguantarse que hacerlo enojar.

Afuera comenzó a llover. Adela recordó la tarde en que de los tiestos de la acera de enfrente *lluviaban* flores azules. Apenas dos meses. Eran ya las últimas lluvias del año pero para Adela era como si hubiesen pasado todas las lluvias de todos los años. Y pensar que la ciudad dejaría de usar su gabardina lustrosa para siempre porque no volverían a llover flores azules… Le pidió a Nicolás ayuda para sacar la caja de los chunches del rincón al que la había relegado James. El papel de la caja estaba destruido por completo. Adela se sintió con el derecho de llevársela consigo, pero como la lluvia arreciaba, aceptó el ofrecimiento de Nicolás para que la guardara en los cajones de su mesa de trabajo. Antes de salir, Adela aprovechó que Nicolás hurgaba en los cajones para plantarle un beso. El hombre se incorporó de inmediato y Adela, consternada, salió a la calle.

A pesar de los malentendidos, Adela y Nicolás tuvieron ocasión de corregir algunos errores. Sucedió la vez en que Adela regresó por la caja de chunches. No estaba James ni Palacios ni los chalanes, sólo Nicolás trabajando más puertas —ahora sí se sabía— para un pedido especial que Palacios había conseguido de una constructora de Torreón.

—¿Hasta el país de Torreón se van a ir estas puertas?

La pregunta quedó en el aire. Palacios llegó acompañado por los chalanes. Se dirigió al escritorio y hasta entonces reconoció a Adela. De inmediato, le dio dinero al más joven de los chalanes para que le comprara refrescos, y al otro lo mandó por sus revistas de la semana. Adela lo miró entonces sentarse en el sillón ejecutivo y subir las botas al escritorio.

—¿Sabes que James te está haciendo una casa de muñecas?

Nicolás se apresuró a sacar la caja de chunches para que Adela se marchara.

—Ya va a ser tu cumpleaños, ¿no? Pues James te quiere dar una sorpresa…

Adela tomó la caja pero dudaba en salir. Nicolás le hizo señas para que se fuera. La voz de Palacios se levantó del escritorio:

—Nicolás, usted a sus asuntos. Hay que descargar los tablones de la camioneta azul. Aquí están las llaves. En cuanto lleguen Epifanio y Luis que lo ayuden. Dese prisa.

Y le arrojó las llaves tan de improviso, que Nicolás no tuvo tiempo para dejarlas caer. Adela lo siguió con la mirada mientras se dirigía, furioso, a la calle. Cuando se volvió en dirección de Palacios, éste ya no estaba en el escritorio.

—Vamos a ver… ¿qué tienes aquí? —el cuello de Palacios se alargaba husmeando la caja de los chunches. Estaba detrás de Adela.

—¡Cuánta porquería! —exclamó Palacios mientras le arrebataba la caja con una sola mano—. ¿Y esto? —inquirió mientras sacudía en el aire el saquito con el esqueleto de la lagartija.

Adela tardó en reaccionar. No entendía lo que estaba pasando. Miraba a Palacios llevarse la caja, ponerla bajo el escritorio, sentarse y subir las botas a un lado. Las botas tenían restos de lodo; su piel café, gastada por el uso, trajo a la mente de Adela historias de pantanos y cocodrilos. El cocodrilo mantenía las fauces abiertas cuando Adela se atrevió a decir:

—Dame mi caja…

El cocodrilo meneó su terrible cola mientras Palacios se alzaba de hombros, indiferente.

—Quiero mi caja —insistió Adela.

—«Quiero mi caja»… —se burló Palacios—. ¿No quieres también que te lleve tu regalo a tu casa?

—No quiero ningún regalo —repuso Adela entre dientes.

—El buen James quería darte una sorpresa. No le vas a decir que ya te dije de qué se trata, ¿verdad?

Adela se mordió los labios. Miró la caja de los chunches tan lejana como si hubiera caído al fondo de un pantano. Tomó aire y se lanzó bajo el escritorio de una zambullida. En el momento de salir a flote, atisbó el vientre del cocodrilo. Pero Palacios no hizo el menor movimiento. Adela se alejó hasta la mesa de Nicolás y desde ahí entendió por qué Palacios sonreía triunfante: aún faltaba la lagartija.

Decidió que ya encontraría otra y se dio la media vuelta. Nicolás entraba con un par de tablones gruesos y largos. Resolló al tirar la madera a un lado de su mesa. Los chalanes no habían regresado. Adela y Palacios se veían tranquilos, así que se animó a salir otra vez.

—Eres una imbécil, Adela… Tan idiota que nunca entenderás que la vida es un banquete. Que si no comes, otros comerán por ti.

Y acto seguido se abalanzó sobre Adela para darle de comer. Recuperada de la sorpresa, Adela soltó la caja y comenzó a forcejear. Alcanzó a gritar antes de sentir la piel lijosa de la lagartija en los labios. Nicolás entró de golpe, pero Palacios ya la había soltado. Con los ojos llorosos por el asco, Adela se sacó la lagartija de la boca. Nicolás hizo ademán de irse sobre Palacios, pero éste lo detuvo con la sola fuerza de su mirada: una mirada con puntas de botas, con las piernas musculosas que portaban esas botas, con la espalda que continuaba el cuerpo de esas piernas, y con veinte años menos que también pesaban. Palacios dijo por fin:

—Nicolás, se está usted metiendo en problemas.

Y dándose la vuelta, agregó mientras se dirigía al escritorio:

—Sólo estaba jugando…

Adela imaginó un recuerdo bochornoso: Palacios dándoles la espalda a ella y a Nicolás, de tan insignificantes que le resultaban. Empuñó entonces la lagartija y corrió hacia Palacios.

—Sigamos jugando —gritó mientras se estiraba para ponerle a Palacios la lagartija lo más cerca de la boca—. Ahora te toca a ti… A ver, cómetela.

Palacios ni siquiera se inmutó. Había dejado a Adela y a Nicolás moribundos, mordiendo el polvo de la derrota, pero ahora uno de los moribundos levantaba la mano y tiraba del gatillo. Sólo que eran balas de salva. Y Palacios se volvió para rematar. Le arrebató a Adela la lagartija y se la tragó de un golpe. Dio dos, tres masticadas y luego escupió. La mancha pardusca quedó en el suelo. Los ojos de Palacios brillaban triunfo.

—Ahora tendrás que conformarte con las sobras.

En otras circunstancias, Adela habría podido admirar a Palacios. Aplaudirle su arrogancia y ese desplante con el que se cruzó de brazos y se recargó en el escritorio a esperar a que se fuera. Pero no podía darle tan fácilmente la victoria. Lloraba de rabia. Cerró los ojos y lanzó el mejor de sus conjuros.

James apareció como por arte de magia, se acercó a ella y le preguntó casi besándole la oreja: «¿Qué te pasa, Ade…? ¿Por qué lloras?».

¡Funcionaba! Entonces Adela se atrevió a pedir su deseo más grande. Apretó los ojos mientras decía en silencio las palabras mágicas, luego asintió con la cabeza para confirmar la orden, y finalmente esperó a que su deseo se cumpliera.

—Adela… —musitó James intrigado—. ¿Qué tienes?

Entonces se escuchó un ruido extraño, algo que al principio pareció un alarido. Adela abrió los ojos, y James y Nicolás miraron en dirección de Gerardo Palacios, quien se doblaba presa de un ataque.

—Pero… de verdad… se cree… con poderes —dijo Palacios entre espasmos de risa. Cuando se recuperó por fin, los ojos le lloraban por el esfuerzo—. Ya déjala, Jimmy. Es tan sólo una niña y, además, una niña imbécil. Mira que creerse hechicera…

Adela miró a James con odio. De modo que le contaba todo a Palacios. Éste se agitó, presa de otro ataque de risa.

—Mira, ahora quiere fulminarte con la mirada.

Adela saltó sobre Palacios y alcanzó a morderle una

mano. James y Nicolás consiguieron apartarla antes de que Palacios le soltara un golpe. En el jaleo, Adela cayó de bruces y se golpeó la boca. Comenzó a sangrar.

—Rápido, Nicolás… el botiquín… —gritó James asustado. Apenas Nicolás reapareció con él, se abalanzó a sacar los medicamentos. Adela y Nicolás creyeron que era para limpiarle la boca, pero se equivocaban. James lo había pedido para Palacios, pues creía que Adela lo había hecho sangrar. Cuando procedió a curarle la herida, Palacios apretó las mandíbulas; al sentir el ardor del merthiolate, contrajo el rostro en una mueca aflautada para sorber el aire. Adela entonces se lamió su propia sangre y comenzó a reír. Palacios se volvió a verla furioso.

—Llévate a esa chamaca —ordenó James a Nicolás. Adela no entendió que se refería a ella, sólo pudo reparar en la perfecta y explosiva *ch* con que había marcado *chamaca*.

Pero no le quedó más remedio que aceptarlo, en tanto que James la miró de una forma desconocida y agregó: «Aquí ya causó demasiados problemas».

Para Adela todo el camino fue ver el pavimento. Nicolás trató de consolarla y la guió hasta la fonda. Adela sentía un ardor en los labios y en la cara pero no podía llorar. Apenas cruzó la entrada del restaurante, el delantal blanco de su madre le preguntó: «¿Qué tienes, Ade? ¿Qué te pasó?» Y ella pegó una y otra vez los labios enrojecidos a la tela, pero tan fuerte que la herida volvió a sangrar. El delantal supo entonces que había que llamar a la bata del señor doctor.

VII

Su madre dormía en la cama de junto cuando Adela
se despertó. Sintió el labio y toda la cara hinchada. Se
dijo: «He llorado mucho». Entonces recordó a James.
«Pobre James —pensó—, se ha de sentir mal por lo
que me hizo». Se levantó en silencio y salió a la calle.
El viento helaba sus mejillas. Llegó hasta el negocio
de James y se sorprendió de ver la cortina levantada y
la puerta corrediza abierta. Casi no había puertas en
exhibición. Se las habían llevado. De pronto, escuchó
la voz de Nicolás que decía: «Palacios hizo negocio
por su lado. Pobre don Jaime, ahora se quedó sin
puertas ni salidas».

Mamá le prohibió visitar a James. Le dijo: «No
sales hasta que yo hable con él». Pero Adela conseguía escaparse. Sólo que el negocio había cambiado
de dirección y tuvo que caminar cuadras enteras para
hallarlo. Era casi igual al otro pero sólo había tres
puertas en exhibición. Al principio no se dio cuenta
de que James se hallaba sentado tras de su escritorio.
La puerta corrediza estaba atrancada. Comenzaba a
llover. Adela pensó: «Ahora van a llover flores azules».
Pero no: lo que caía eran alas tornasoladas de mari-
posa; pero no: lo que en realidad caía eran cenizas de
periódico que el viento había levantado a su alrededor.
Adela se percataba de que James estaba muy triste.
«De seguro piensa: la vida frente a mí, no conmigo».
Adela decidía regresar sobre sus pasos.

Mamá y Nicolás platicaban. Decían que Palacios ya no trabajaba con James. Adela se alegraba de saberlo. Luego se ponía triste: James debía de sentirse muy solo. Adela pensaba: «Tengo que ir a verlo», pero se entretenía buscando los mejores chunches. Entonces hallaba el saquito de la lagartija. Corría para mostrársela a su amigo: «Mira —le decía—, Palacios no pudo con ella». Pero James seguía dentro de su negocio y se negaba a abrirle la puerta. Adela, furiosa, pateaba las vidrieras pero no conseguía romper ninguna. Exhausta, reparó que algo se movía en la bolsa de su vestido. Era la lagartija. Tuvo que sujetarla con la mano porque quería salir. Entonces buscó a James al otro lado del cancel de vidrios. Le costó trabajo dar con él porque se había hecho viejo y pequeñito. Estaba segura de que ahora sí podría verlo directo a los ojos sin que él tuviera que agacharse. Le gritó: «James… Ábreme», pero su amigo no la oía. Pasaba por las puertas de exhibición como si entrara en habitaciones invisibles. Una y otra vez y de vuelta a pasar. Y cada que atravesaba una, se hacía más y más pequeño. Al pasar la última puerta, hizo *plop* y desapareció.

TURBIAS LÁGRIMAS
DE UNA SIMPLE DURMIENTE

A Sean Young

MARGA NO LO SABE pero es aquí donde Jorge se siente realmente vivir. Aquí: el final de una película en la que Sean escapa con George en un volvo que se va perdiendo entre las montañas ocres en un atardecer perfecto para la huida.

Jorge no lo piensa pero Sean y George se pierden en la carretera gracias a los gritos de Pitt que le ordena a la grúa que levante más y más al camarógrafo, de forma tal, que a la distancia, el volvo termina por convertirse en un punto gris diluyéndose entre los tonos ocres de la montaña; la montaña con sus árboles otoñales y su carretera rodeándola en un abrazo de espiral.

Jorge sabe que la historia termina aquí, pero no le cuesta mucho trabajo gritar más fuerte de lo que gritó Pitt para ordenarle a otro camarógrafo que vaya siguiendo la escena de cerca: Sean convertida en un tierno oso de mink, acurrucada en el regazo de George que maneja con la apacibilidad del que sabe su destino al alcance de la mano. Como ahora que no necesita cambiar de velocidad y tiene la diestra disponible para delinear el óvalo del rostro de Sean o acariciarle las madejas de pelo que le caen a un lado de la frente.

Sean y George van huyendo pero lo imperioso del recorrido no les impedirá detenerse en una cabaña en la que Sean entrará somnolienta y con deseos de tirarse cuanto antes en alguna cama. George o Jorge la seguirán con paso firme porque ambos recuerdan de la promesa acordada en cada una de las diferentes tomas en que Sean cabizbaja, con el cabello revuelto a medias o con una lágrima congelada en su mejilla derecha, aceptó la eternidad momentánea de este amor del que ella misma se creyó incapaz.

Por el contrario, Marga siempre supo (o desde muy niña, cuando su abuela le leía cuentos encantados) que un príncipe azul con figura de hombre llegaría a rescatarla del aburrimiento (que entonces no conocía), o de algún castigo impuesto por hechiceros con figura de padres o de tías. Como buena pisciana siempre le gustó soñar y de hecho antes de conocer a Jorge, su vida le pareció un largo sueño del que vino a despertarla el primer beso de su príncipe.

Sean nunca tuvo este tipo de recuerdos. Limitada por las líneas que algún guionista dibujó en torno a ella, Sean sólo pudo mostrar su lado de mujer perfecta, perfeccionada aún más por la meticulosidad de Pitt que detenía escenas sólo para que la maquillista le polveara el rostro en alguna toma en que debía parecer lánguida, o para que el peinador le

diera a esos pelitos de su frente un toque perfecta-
mente descuidado.

Pitt y Jorge se parecen y de hecho hubieran
podido ser buenos amigos aunque Hollywood y
México tengan más puntos de diferencia que de simi-
litud. De seguro a Pitt le habría encantado conocer
a este alter ego que reconstruía o inventaba escenas
sólo para permanecer algún momento más al lado de
Sean. Y aunque Sean y Marga no se parecieran, Pitt
habría sentido —a diferencia de Jorge— un poco de
ternura por esta mujer de carne y hueso que despertó
a la vida con el primer beso de amor, o de lo que ella
creyó amor, a pesar de que luego de los silencios de
Jorge, de los años transcurridos en su departamento
de casados, Marga volviera a sentir el hechizo del
hada que la sumió en un nuevo paréntesis invernal.

Sean, en cambio, no sabe más que de otoños, de
atardeceres junto al fuego y de noches en la gran
ciudad al lado de un tocadiscos repitiendo melo-
días de Vangelis. Por el momento Jorge la ha dejado
dormir en una cama rústica, mientras George la
contempla embelesado desde una mecedora alum-
brada por una chimenea encendida. En la habitación
sólo se escucha el crepitar de los leños y los sollozos
intempestivos de Sean que, sumida en un sueño de
persecuciones, gesticula o mueve una pierna repentinamente. En la mano de George un vaso de whisky
y entre los dedos que sostienen el vaso, un cigarrillo
que extiende señales de humo con languidez; como
los pensamientos de George que oscilan entre los

recuerdos de la escena en que conoció a Sean, en que se enamoró y huyó con ella a pesar del compromiso de atraparla. Una variante de Blanca Nieves, diría Marga: el cazador que es encargado de matar a la princesa y que regresa al palacio con un corazón equivocado para engañar a la madrastra. Sólo que George aquí no se preocupa por cubrirse las espaldas. Aquí George se aventura en un epílogo suicida que hará más deleitables los momentos robados al destino y al guión. Es por esto que en la mente de Jorge no se fraguan escenas voluptuosas aunque las redondeces de Sean evoquen territorios explorables o salvajemente vírgenes. Por eso ha depositado a Sean en una cama, dormida sola y contemplada por George desde una mecedora, desde una espera que se parece mucho a la del propio Jorge, quien sentado en su butaca, ha visto al vigilante aproximarse a él para recordarle el límite cognoscible de la historia, *The end,* y que no hay más que permanencia obligada de este lado de la pantalla, desde este lado en que Marga también espera abrazada por un sillón solitario y del que escasamente puede diferenciarse (a no ser por los coches que en la madrugada proyectan al interior de la sala sus faros despiadados e insomnes).

Marga puede suponer que Jorge se ha quedado en alguna reunión de amigos, enfrascado en una botella de whisky como un genio castigado por no cumplir sus obligados tres deseos. Marga piensa: «El primer deseo, hacerse feliz; el segundo, hacerme feliz a mí; y el tercero no existe porque se derivaría de los otros dos…». Aunque lleva años a su lado desconoce muchas manías de su pareja, porque desde recién casados Jorge dejó de hablar, de contarle cosas como cuando eran novios, y él la llevaba al cine o a cenar. Jorge siempre supo que Marga no era la mujer de sus sueños, pero él quería probarse cosas… Y se casó con ella a pesar de tener la seguridad de que lo que ocurrió, pasaría. Después vinieron otras películas, otras Sean recostadas en un diván, con la sonrisa o la lágrima exactas para otros Georges, fabricadas con la meticulosidad de otros Pitts al filmar la historia. Después también este vivir a través de la pantalla grande en vez de realizar su propia filmación al lado de Marga, con su imagen desgastada por los amaneceres junto al teléfono esperando una llamada de Jorge para hacerla despertar. Seguramente Pitt aprobaría este nuevo escenario: la noche y la soledad le sientan bien a esta protagonista. También estaría de acuerdo con la luz intermitente de los autos que crea espacios de penumbra en torno a Marga. Después de todo le queda bien con su papel de heroína anónima. Por su parte, Jorge ni se la imagina. Sumido como está en la contemplación de George que a su vez contempla a Sean, Jorge es incapaz de imaginarse a Marga imaginándolo a él. (Y llegar como otras madrugadas excusándose de haber olvidado preguntar la hora a los amigos, de enfrascarse en discusiones perentorias sobre la calidad de un escocés nacional).

Sean despierta alterada. George corre a su lado y la esconde en sus brazos. «Ya nena… ya, ya pasó», dice

Jorge por George que sugiere reanudar la huida. Sean se levanta somnolienta, callada toma su bolso de piel y su abrigo, y en la puerta espera a George para que le plante en la frente o en los labios un beso tenue y distraído porque George como Jorge reservará lo mejor para después, mientras la espera y el deseo se postergan hasta nuevas escenas en que otra vez habrán de posponerse, siempre en una dilación que a Jorge se le antoja necesaria para justificar su vida y el dolor de Marga que si no sería inútil de tan cierto. Pitt de seguro entendería pero entonces le sugeriría a Jorge: «No, querido, eso está bien para las películas… no para la vida real». Además, lo cierto es que Pitt desconoce ciertos antecedentes: una predisposición casi innata de Jorge para la infelicidad, ese sentimiento de que la vida tiene que ser una película, y, además, trágica…

En tanto, Marga espera. Ahora recostada en el sofá observa las sombras de las persianas deambular por las paredes de la habitación. Ingenuamente piensa que entre más sombras transcurran, menos serán los minutos que la separen de Jorge. Jorge que fuma un cigarrillo afuera del cine mientras un anciano de bufanda roja baja las cortinas de la cartelera. La marquesina acaba de apagarse. Jorge se aleja por el frío y el silencio de la noche. Camina con su cigarrillo prendido a la boca como si una cámara oculta estuviera filmando ese caminar parsimonioso, pensativo, que lo lleva a detenerse de pronto como si hubiera encontrado algo de valor en el suelo. Él no lo sabe pero sus movimientos también son calculados para que la cámara lo tome en esta escena en que se detiene para apagar el cigarrillo con el pie izquierdo y el viento le mueve la solapa de la gabardina y lo despeina en un toque de perfecto descuido. Porque lo de sentir que la vida debe ser como una película en la que cada uno es protagonista en escenas fulminantes y con música de fondo (tal vez Leonard Cohen desgarrándose en «Chelsea Hotel»), es sólo una manera de enfocar el mundo, pero nunca (o no del todo) un pensamiento sopesado y voluntarioso. (Y porque más allá del deseo que Jorge tiene —como cualquiera— de lograr la felicidad, se encuentra la insistencia de imaginarse frente a una cámara, la necesidad del encuadre borroso que le permita insistir, sin gesticular demasiado, en la melancolía y el dolor. Jorge diría: «¿Y yo qué culpa tengo de que la vida se quede tan corta frente a lo que esperamos de ella, de que ni siquiera respecto al dolor deje de ser ordinaria y opaca?»).

El viento sopla frío y fuerte. Jorge despierta de su ensoñación al sentir su tacto abofetearle la cara; se acomoda el pelo con el improvisado peine que ha hecho de sus dedos y se cierra la gabardina hasta el cuello. Recargado en un arbotante, Jorge enciende otro cigarrillo. Su cara se ilumina de pronto y le descubre una mirada encandilada más por la luz de un pensamiento que por el fulgor del cerillo: de vuelta al coche, Sean se ha golpeado una rodilla con la portezuela. George desde la portezuela contraria escucha su «ouch» suave

y se asoma al interior del volvo. Frente a él los senos de
Sean, colgando suculentos del árbol de su cuerpo. Sin
pensarlo, George se arroja al sillón en un intento por
ayudarla, y desde allí mira a Sean que, inclinada, se
soba la pierna dolorida. George está a punto de abra-
zarla, de apretarla contra sí para sentir la forma y el
calor de esos dos frutos que un descote (casualmente
pronunciado por la posición de Sean) le han permitido vislumbrar, pero Jorge lo para en seco al descubrir
una lágrima de Sean, frágil y trémula, escurriéndose
sobre el terciopelo de su mejilla aduraznada.

Pitt estaría fascinado con la escena, con esos
brazos de George fuertes y varoniles que se tienden
firmes hacia Sean pero que la toman con delicadeza,
y con delicadeza la meten en el coche para luego
levantarle la falda y esperar, tensas y apoyadas en
el asiento, el beso que George deposita en la rodilla
dolorida. Sean sabe que su torpeza es provocada
por la huida; nadie habrá de reclamarle la fragilidad que el guionista fijó para ella, pero ella sí se lo
reclama a sí misma, ahora que le escurre otra lágrima
y redonda cae sobre una de sus piernas descubiertas.
Se lo reclama ahora que George succiona la lágrima
derramada y continúa besándola de a poquito y hasta
el pubis a pesar de los gritos de Jorge y de Pitt que le
indican que se detenga, que no vaya más allá, porque
si no entonces cómo imaginar la segunda parte, o
cómo no imaginarla similar a esta orilla desde la que
Marga naufraga dolorosamente, sumida en la ordi-
nariez de la carne y el hueso, del maquillaje que se

diluye por el calor de un día de compras en el mercado, o el rímel manchándole los párpados ahora que sus lágrimas han empezado a aparecer sin que Pitt pueda detener la escena para pedirle a la maquillista que le delinee el contorno de las sombras y que de grotesca pase a lánguida, o de chillona a llorosa. Pero George sigue besando a Sean, lamiéndole su cosita (Jorge no puede pensar: «su coño»), arrancándole esos gemidos que Sean intenta apagar porque también ella presiente la otra orilla, los gemidos verdaderos de Marga cuando Jorge la monta y ella conoce el paraíso para luego perderlo irremediablemente una vez que Jorge la ha dejado desnuda para ir a enjuagarse al baño. O los silencios, siempre los silencios que continúan al vacío, la burbuja en que Jorge se mete dejándola a ella aparte, sola, atrás.

George prosigue y ahora asciende, vuelto todo labios, lengua y saliva por el tronco de Sean hacia sus senos frutales, hasta sus pezones erectos y luego su boca turgente que Jorge jamás se atrevería a besar sin que Pitt coloreara de encarnada cereza encendida.

Por más que la sirena de una patrulla comienza a escucharse peligrosamente cerca, George se abre la bragueta. Prosigue, se mueve, boga entre el mar de piel que Sean, dispuesta, siempre perfecta, le ofrece a pesar de que ella también (como Jorge, como Pitt) reconoce, anticipa el final.

Jorge llega por fin al departamento. Marga escucha sus llaves al otro lado de la puerta pero permanece tendida e inmóvil. Al ver su silueta, Jorge piensa en

Sean recostada en el asiento trasero de la patrulla, irremisiblemente perdida para George y para él mismo. (George que maneja desesperado el volvo gris con la conciencia de que ni Pitt ni Jorge podrán salvarlo de una muerte súbita en el tramo de una carretera en reparación que, por supuesto, mucho tiene de suicidio).

Por un momento fugaz, Jorge percibe a Marga como una parte más de su historia. Reprime la arcada al pensar de qué manera esta imperfecta mujer de carne y hueso le es tan necesaria para configurar el deseo por las otras que busca en la pantalla. Por un instante —pero sólo uno—, cree sentir que la escenografía se viene abajo; entonces descubre un destello de liberación. Avanza hacia Marga uno… dos pasos… Se detiene congelado al percatarse de que Marga entorna los ojos para insistir —ahora es ella— en el encuadre imposible del amor. Por primera vez, Jorge se da cuenta que también por Marga la escena ha de volverse *sísifo* a repetirse. Pitt diría: un poco más de rímel para enturbiar esas lágrimas de víctima que, al fin cómplice, Marga acepta derramar.

UNA RELACIÓN PERFECTA

DESCUBRÍ QUE ERA PERFECTA. Se amoldaba a mis movimientos, me leía el pensamiento. Nos deleitaba la misma amargura del café. Nos emborrachábamos juntos. Hasta hacer el amor era un baile al unísono. Nunca me imaginé el Paraíso tan en la punta de mis dedos, derramándose desde mis talones. Claro, era mi sombra. Todas mis mujeres anteriores no habían sido sino un reflejo pálido de ella. Despertaba cada día más amante. Creí que tanta fidelidad terminaría por cansarme, pero también es cierto que desaparecía cuando no la necesitaba, aunque cada vez prescindía menos de su presencia. Con ella a mi lado sentí que nada me hacía falta.

La felicidad era tan plena que no me percaté sino hasta que ocurrió un hecho irremediable: un día desperté convertido en sombra. «Me traicionaste», me espetó ella apenas verme. Tuve que irme con mi derrota a otra parte. Ya no cabíamos en la misma casa.

UNA ADVERTENCIA
Y TRES MENSAJES
EN EL MISMO CORREO

Habitar la casa de otro
es extraña experiencia

José Luis Cuevas

I

Querido Samuel:

Cuando me cambié a tu casa no me importó echar por tierra varios de mis planes. Tenía pensado irme de vacaciones a la playa o tomar ese curso de fotografía que te había comentado, pero las vacaciones de este año se sumaron a las de años anteriores. La verdad es que aunque no me hubieras presionado yo me habría ofrecido a quedarme en tu casa. A fin de cuentas, pensaba, somos amigos. Ahora te escribo por lo que va quedando de esa amistad. Tu beca de especialización en Inglaterra (¿recuerdas cuánto luché yo también por obtenerla?) está por terminar y, por lo tanto, tu regreso es inminente. Pero, Samuel, no vuelvas. Quédate por allá. ¿Acaso no me dijiste la última vez que llamaste por teléfono todas las oportunidades que te han brindado para que permanezcas en Liverpool? La razón que argumentas para rechazarlas me parece insustancial. ¿Que te has dado cuenta de que amas a Lorena? No regreses, Samuel, te lo pide tu buen amigo Luis, ¿recuerdas?, el que presentaba por ti los exámenes de geometría analítica y análisis químico. No regreses.

Buenos días aquellos, ¿no? Yo iba a tu casa a pasarte los apuntes que perdías por no asistir a clases. La pobre doña Carmen se mortificaba mucho cuando descubría tus inasistencias, pero siempre la calmabas con un beso. ¿Te acuerdas? En esa época yo sólo tenía acceso a tu recámara y de vez en cuando, al comedor donde por cierto está el único espejo que hay en toda la casa. Ahora es distinto y aunque puedo abrir todas las puertas, no lo hago. Sólo uso las que conducen a la cocina y a tu dormitorio. Creo que cuando vivía tu madre hacías lo mismo: por las mañanas a la hora del desayuno y en las madrugadas al regresar de tus parrandas.

Quizá te sorprenda si te digo que llevo más o menos la vida que hacías aquí. En serio. El buen Luis ha cambiado, tanto que es probable que ya no lo reconozcas. O quizá lo conozcas demasiado. Sé que bastará un dato para que te convenzas de ello. ¿Recuerdas ese disco de Jimmy Hendrix que te regalé cuando cumpliste veintiuno? Sí, aquel disco de colección con portada de muchachas desnudas que no podías conseguir por ningún lado. A mí el tal Hendrix (a pesar de que tú repetías que era el mejor requintista del mundo) nunca me agradó mucho que digamos, y cada vez que me invitabas a oírlo prefería inventarte cualquier excusa e irme a mi casa. Hoy, no obstante, me gusta. Pero no creas que de repente haya comprendido el error de mis apreciaciones, sino que tengo la sensación de haber escuchado el disco durante años. Es más, la primera vez que lo escuché a solas pude precisar sin ningún trabajo cuáles transportaciones de tono, arreglos musicales y armonías continuaban. Era como si lo hubiese escuchado, según tu costumbre, noche tras noche antes de dormir.

Sin embargo, me parece que no estoy cumpliendo con la finalidad de este correo porque aunque te he platicado algunas de las cosas que están ocurriendo, hay otras de las que no estoy completamente seguro y prefiero confirmar antes mis sospechas. De cualquier forma...

2

Samuel:

Al paso que voy mucho me temo que tampoco podré terminar este segundo mensaje. ¿Las causas? No quiero saberlas del todo. ¿Las disculpas? Perdón, perdón, perdón, perdón, perdón (las que faltan para mil, si te interesan, complétalas tú). Ya en serio, si tus amiguitas del club llegan puntuales a la hora convenida para la fiesta de hoy, es probable que no lo concluya y que, obvio, no te lo envíe.

¿Sabes? Al principio no entendía cómo te las arreglabas sin espejos. Porque salvo el que cubre de extremo a extremo una de las paredes del comedor, no hay otro en toda la casa y eso de bajar cada mediodía semidormido con riesgo de resbalar no me ha hecho ninguna gracia. Es por eso que mi barba chayotera —como tú acostumbrabas llamarla— está tupida y ya me explico que tú tampoco te afeitaras. Pero debido a que la cuestión de los espejos no me dejaba en paz (creo que hasta llegué a comentártelo en el mensaje anterior), formulé varias hipótesis. Sólo que ninguna me convenció por completo. Roído por conjeturas idiotas que no me conducían a ningún lugar resolví coger el asunto por la cola, meterlo en un frasco vacío y arrojarlo a la basura.

La respuesta vino después por sí sola. Bastó llevar una vida nocturna (con sus crudas realidades por las mañanas) para entenderlo. A nadie le gusta verse a primera hora en un estado tan deprimente. Es por eso que ahora yo también evito los espejos, por lo menos en seguida de levantarme. Es más, este hecho me obligó a cambiar mi forma de vestir, a preocuparme por estar más presentable. Lo bueno es que las chicas de la compañía se han dado cuenta de mis esfuerzos y hasta me coquetean. No es broma. Ya era justo que no me tomaran sólo como el «amigo de Samuel».

La casa la mantengo en las mismas condiciones en que tú la tenías antes de marcharte. Luchita sigue viniendo una vez por semana, como cuando estabas aquí. Como ves no ha habido gran cambio después de tu partida.

Pero hay algo por lo que debo pedirte disculpas.

¿Recuerdas mi cuerpo enclenque y debilucho? Pues he subido varios kilos, de modo que tu ropa me sienta a la perfección. También la de deportes. Y he tomado tus raquetas y hecho uso de la membresía que tienes en el club. Después de todo ¿no crees que es mejor que alguien las aproveche? Pero no creas que fue tan sencillo. La primera vez que me atreví a ir al club estaba nervioso, temiendo que de un momento a otro me descubrieran. Sin embargo, no sucedió así.

Me imagino que a pesar del frío y del engorro del curso de especialización la has de estar pasando muy bien. ¿Ha cambiado tu envidiable color bronceado? Dicen que allá hay albercas con aire acondicionado y luz de playa artificial. ¿Las frecuentas? Yo, gracias al club y a tu condominio de Cuernavaca, tengo un color de *latin lover* que nada tendría que envidiarle al tuyo.

¿La estás pasando bien allá? Pero qué pregunta. Conociéndote, es seguro. Y ésa es otra buena razón para que te quedes definitivamente. Aprovecha las oportunidades que mencionaste y, por favor, no regreses.

3

Los mensajes anteriores debieron llegarte la semana pasada. Pero como no los mandé, ni siquiera puedo culpar al servidor del correo. Los añadiré a este que apuradamente escribo. Te envío los tres ya que repetir los dos anteriores con todos los datos que ahora sé y que entonces desconocía es —tú mejor que nadie lo sabe— bochornoso para quienes odiamos el género epistolar. Si no fuera porque conozco tus gritos de la misma manera que empiezo a acostumbrarme a los míos, te hablaría por teléfono para terminar con todo esto. Mira, como el tiempo apremia —y las ganas también— sólo podré referirte a grandes rasgos lo que sucedió. ¿Recuerdas la última vez que me enviaste un correo? Entonces me dijiste que lo que te impedía quedarte en Liverpool eran tus deseos de volver a ver a Lorena. Que tu rompimiento con ella había sido una locura. Hoy te comprendo. Antes sólo la conocía por referencias tuyas, pero precisamente el día que escribía el mensaje anterior llegó con las demás chicas. Venía dispuesta a hacer las paces. Dice que estuvo una temporada en la playa —como se lo recomendaste para sus nervios— antes de venir aquí, a esta casa y conmigo. De nuevo, al igual que con los discos y tantas otras cosas, bastó que la viera para reconocerla y saber lo que pasó entre ustedes, es decir, entre nosotros. Eres un maldito mentiroso. Ella no tuvo la culpa. Bueno, comprendo que quisieras salvar el orgullo. Lo que no comprendo es cómo pude dejar que en mis mensajes anteriores el buen Luis aflorara y te pidiese que «por favor» no regresaras. No lo hagas. Sería lamentable. Mira, ya basta. No quiero llegar tarde a mi boda. Hazme caso y no vengas, no tanto por las propiedades de que me he adueñado sino porque conoces a Lorena y dices amarla. Le causaría una grave crisis enterarse de la existencia de dos Samueles.

AMORANSIA

Cuando comenzó a sonar el teléfono no había nadie en la sala recién arreglada. Por la ventana abierta que daba a la calle, podía verse el caminar cadencioso de muchachas que, arregladas para la ocasión, se dirigían en grupos a la plaza del centro. Pero ninguno de los que deambulaban por las calles, ni nadie desde el interior de la casa, se detenía a admirarlas. Apenas perceptibles, de la cocina escapaban leves e intempestivos ruidos como cuando alguien busca un objeto sin hallarlo. Insistente, el sonido del teléfono hizo vibrar las copas de una charola metálica que descansaba sobre la mesita de centro. De pronto los ruidos de la cocina cesaron. El teléfono repiqueteó un par de veces más y el rostro de una mujer joven, se asomó por el hueco de la puerta.

—Julián… ¿qué no oyes el teléfono?

Del corredor que comunicaba con las recámaras, surgió un gorjeo apagado seguido de un par de risas infantiles. La mujer deslizó el cuerpo entre los muebles de la estancia y descolgó la bocina justo cuando

el teléfono dejaba de sonar. Una voz de hombre
—galante, de una calidez avasalladora a pesar del eco
de larga distancia— llegó por la línea:

—Vaya… Qué gusto oírte, preciosa. Ya estaba
pensando que se habían ido a festejar desde temprano.

—No, don Julián, aquí seguimos, preparando la
cena para el festejado —dijo la muchacha, luego se
puso en puntas y su cuerpo se arqueó para sortear
un sillón en el que dos osos de peluche, uno rosa y
otro azul, la observaban con mirada hipnótica. En
el corredor seguía sin aparecer nadie. En una de las
habitaciones del fondo, alguien descorrió la puerta de
un clóset y el corrillo de voces infantiles gritó: «Perdiste, papá, perdiste». La chica se pasó una mano
por encima de la falda, delineando la curva apenas
insinuada de su vientre, luego se enderezó frente al
teléfono y acercó la bocina a los labios para decir en
un tono bajo:

—Oiga, don Julián… Gracias por el depósito. De
verdad nos hacía falta…

Se escucharon pasos en el corredor. La mujer volvió
a su tono de voz habitual.

—Sí, qué lástima que se hayan ido tan lejos. Nada
más tomábamos el coche y en un par de horas, listo.
Ahí estábamos… Mire, ahí viene Julián; se lo paso.
De verdad, gracias, fue un placer saludarlo. Saludos
también para… bueno, nunca me acuerdo de su
nombre, ¿María Inés?

La muchacha giró sobre sus tacones. Frente a ella,
un hombre alto sostenía sobre los hombros a un niño

pequeño quien se esforzaba por tocar los vidrios de la lámpara que colgaba del techo. El hombre sujetaba con una mano las piernas del chico, y con la otra, casi apenas rozando las yemas de los dedos, llevaba la mano de una niña tres años mayor que el otro. Cuando la mujer los vio en conjunto, se le ocurrió pensar en una familia de trapecistas, preparándose para un gran salto. Le tendió al hombre la bocina sin mirarlo y disolvió al grupo.

—Dejen a su padre hablar con su abuelo. Anden… acompáñenme a la cocina, necesito preparar el merengue del pastel —dijo la mujer mientras iniciaba el breve trayecto hacia el otro cuarto. Los niños no la siguieron pero a ella no pareció incomodarle en absoluto.

El hombre se puso el auricular cerca de la oreja. Calibró el zumbido y antes de hablar, jaló el cable del teléfono hasta la ventana que daba a la calle. Descubrió que el mosquitero se hallaba desprendido y procedió a trabarlo en el par de alcayatas negras que sobresalían del marco.

—¿Qué hay don Julián?… ¿Qué cuentas de nuevo? —dijo el hombre. En la acera de enfrente, un grupo de muchachas en minifalda, reticuladas por la tela del mosquitero, corrían rumbo a la plaza. Julián reparó apenas un segundo en sus piernas bien formadas, en las cinturas angostas que acentuaban el bulto de sus caderas, y desvió la vista hacia el cielo entramado donde un sol oblicuo iluminaba con fulgor vespertino el intenso azul.

—Julián, muchacho… ¡felicidades! Treinta años de tener el gusto.

—Vamos, papá, no podía ser de otro modo.

Julián se dio la vuelta. Se topó con el espejo de una larga vitrina que rozaba el techo. El espejo le devolvió, fragmentada, su figura entre adornos imitación de porcelana y las piezas sueltas de una vajilla que casi en su totalidad, se encontraba en la mesa del comedor. El hombre se miró el rostro y, en un principio, pareció no reconocerse.

—Dime, ¿te molesta cumplir años? —la voz sonó confidencial.

—No es eso. Es que… bueno, yo pensé que a los treinta iba a estar en otro lado.

—Ya sé que no te gustan los consejos, pero ese problema se quita con el tiempo. Tranquilo, muchacho. Además, ¿de qué te preocupas? Saliste como yo. ¿No te va a ir tan mal, no es cierto? Mírame a mí, entre más viejo, más viejas… y no precisamente viejas. Nada más ve a Rosa Inés, es casi de la misma edad que tu esposa, ¿no?

Julián sumió los carrillos y alzó una ceja. El espejo le devolvió el mohín de un galán de la pantalla.

—Se llevan cinco años, don Julián —dijo con la mirada atenta en descubrir por qué no parecía natural. Probó a revolverse un poco el pelo—. Rosa Inés le lleva cinco años a Alma. Podrían ser hermanas. No me digas que perdiste la cuenta.

—Claro que no lo olvido. Es más, cuídate porque con cada hijo tu mujer se pone más buena y…

—Papá… a ti nunca te han gustado mis mujeres.

Frente a la vitrina, el muchacho se tocó la punta de la nariz. El índice hizo presión hacia arriba y la nariz comenzó a deformarse. Una carcajada estalló en el sillón de los osos. Julián descubrió a su hija trepada en el respaldo. Al reír, el cuerpo de la niña se inclinaba hacia atrás.

—¡No, Rocío… te caes! —gritó el hombre y soltó el teléfono. En dos zancadas alcanzó el sillón y abrazó a la pequeña. El otro niño, quien hundía el rostro en la panza del oso color de rosa, levantó la vista y durante un par de segundos observó a su padre y a su hermana con desconcierto; después cargó con el oso y se dirigió a la cocina.

—¿Quieres hablar con tu abuelo? —preguntó Julián a la niña tan pronto la depositó en el piso.

—Ahorita no —respondió Rocío mientras fruncía el ceño y en su boca aún continuaba la sonrisa. El hombre la vio caminar airada por el corredor, con su enojo digno que la hacía estirar el cuello como un pequeño pingüino, y suspiró profundo. Acto seguido, Julián regresó a la mesita del teléfono. La bocina se balanceaba en un rebote elástico.

—Disculpa… —dijo el hombre cuando se decidió a hablar de nuevo—. ¿Estás todavía ahí?… Es que Rocío se iba a caer y…

—No, no te preocupes. Los hijos son lo primero. A propósito, ¿ya pensaste cómo le vas a poner al que viene en camino? Ángel estuvo muy bien para el primero; después de todo, así se llama tu abuelo y tu hermano, pero ya nos toca a los Julián, ¿no te parece?

El hombre dirigió una rápida mirada hacia la cocina de donde no escapaba ni un respiro.

—¿Y si es niña? ¿Le pongo María Luisa, como mi madre?

—También podrías ponerle Alma. No sé cómo la convenciste para bautizar a Rocío con el nombre de la otra, ¿porque ella sabía de la otra, no?... Si es niña, mejor ponle Almita como su madre. Después de todo, te sacó el clavo del corazón, ¿no? Acuérdate cómo la otra te plantó para largarse a Europa.

—Padre... —dijo Julián apretando las palabras, el volumen de su voz también disminuyó—, no inventes. Tú sabes que nos íbamos a ir juntos... Que al final le dieran la beca sólo a ella es otro cantar. ¿Ya no recuerdas que ganó aquel concurso de la escuela de arte?

—Claro que lo recuerdo. Lo que no recuerdo fue por qué, si la querías tanto, no te largaste con ella cuando regresó y quiso irse a vivir a la capital. A ti también te gustaba eso del arte. Todavía tengo la marina que pintaste cuando tenías dieciséis. Preciosa... a cada rato me la chulean mis amigos. Ahora que ya eres todo un señor doctor de animales, bien podrías darte tu tiempo para pintar... Oye, y de la muchacha, ¿no has sabido nada?

—No...

Durante unos segundos sólo se escuchó el zumbido metálico de la línea.

—… Bueno, ¿pero ahora estás contento?

Julián arrugó la frente.

—Claro… ¿Por qué lo preguntas? —dijo.

—Por lo del bebé, hombre… ¿Por qué otra cosa iba a ser? Ya sabes… los gastos del hospital y todo eso, corren por mi cuenta. Pero ahora contéstame: ¿Estás contento sí o no?

—¡Uy, ni te lo imaginas!… Hasta estoy pensando en poner una fábrica y exportarlos.

—¿A poco andan tan mal las cosas?

—No es eso, papá —dijo el hombre repegando los labios a la bocina—. Alma dejó de tomar las pastillas y… no me avisó.

—Es que te las buscas voluntariosas. Amánsala. Acuérdate cómo le hacía yo a tu madre. Que sepa que no le apuestas todo a ella… ¿Tú me entiendes, no? A propósito, ¿cuándo me acompañas otra vez a la frontera?

—Ando un poco gastado. Además…

—Nada, festejamos tu cumpleaños el próximo fin de semana. Y no me salgas con que no te gusta que te invite, que para eso eres mi hijo. Nos vemos en Tijuana.

—Oye, papá… espérate. En serio, no puedo acompañarte…

Pero su padre había dado por concluida la sesión. Luego de unos segundos en que permaneció escuchando la señal de corte, se dirigió a la cocina.

Apenas lo vio entrar. Alma sacó las manos del amasijo de harina que revolvía sobre una mesa. A su lado, de pie sobre una silla, Ángel hundía los dedos en una pequeña bola de masa gris.

—Qué dice tu padre… ¿le diste las gracias por lo del dinero?… Es una bendición que sea tan rico, pero sobre todo, que sea tan generoso…

El hombre se acercó a la muchacha. Tomó una porción de la masa y comenzó a estirarla entre sus manos. De pronto dijo sin mirar a la chica:

—¿Tú le dijiste lo del bebé? ¿No te parece que te precipitaste un poco? Todavía no cumples ni los tres meses… aún podrías echarlo a perder.

Un olor a horno caliente comenzó a inundar la habitación. La mujer se dirigió a la estufa y graduó el termostato.

—Sólo se lo dije a tu madre —dijo sin mirarlo.

—Entonces ella fue. Sabes… don Julián quiere que lo acompañe a la frontera.

—¿Cuándo? —la muchacha alzó el rostro pero lo bajó de inmediato.

—El próximo fin de semana. ¿No te molesta, verdad? —dijo el hombre acercándosele. Observó que tenía la nariz y la frente empolvadas de harina. Intentó darle un beso pero ella lo esquivó con una sonrisa. Julián volvió a jugar con el amasijo. Comenzó a modelar el cuerpo de una mujer de grandes senos—. ¿Te conté alguna vez de cuando cumplí quince y papá me llevó con las putas de Las Gaviotas?

—¿Y qué…? Ahora que cumples el doble —Alma le dirigió una mirada oblicua—, ¿te quiere llevar otra vez?

Julián se tomó su tiempo en responder. Sus dedos, hábiles, contorneaban la cintura de la mujer de masa. El pequeño, a su lado, reconoció la figura y graznó de placer.

—¿Qué quieres que te diga? Él siente que es su deber. Una vez hasta nos dijo a mi hermano Ángel y a mí que si le salíamos putos, mejor nos mataba. ¿Por qué crees que me llevó con las putas? Hasta tenía un dicho: «Putos no…

—…putas sí» —completó la mujer, mientras alisaba la masa con el rodillo.

Julián pareció no escucharla y agregó:

—Claro que yo quería ir… pero imagínate, las manos me sudaban… de la emoción, claro. No podía ni hablar. Hasta se me ocurrió que así debían sentirse las quinceañeras…

—Ya te dije que no es igual.

—No, no ha de ser lo mismo —dijo Julián; luego tomó un palillo y definió los rasgos de la figura—. Pero de todas formas era… impresionante. Recuerdo que fuimos a Las Gaviotas. Todo mundo conocía a papá. Llamó a tres. Yo pensé que me las estaba poniendo enfrente para que escogiera. Pero el muy… les dio dinero a las tres y les dijo… ¿Cómo les dijo?

—el hombre se llevó una mano para rascarse la cabeza pero se le había olvidado que traía el palillo, así que se lastimó; cuando por fin se repuso, continuó—. Ah… sí, les dijo que me dieran un «tratamiento completo». Te juro que me moría de miedo, pero después… después no tuve que preocuparme de nada. Manos eran las que me faltaban porque el «tratamiento» fue… ¿cómo te explico?… de terapia intensiva.

Julián le entregó la figura terminada al niño. Ángel tocó con cautela los senos de la mujer de harina. Luego se volvió hacia su padre y sonrió.

—¿Tú lo admiras, no es cierto? —preguntó Julián mientras la chica se limpiaba las manos en el mandil.

—Bueno, pues sí. Es tu padre.

—Quiere que le ponga Julián si es niño —el hombre miró el vientre de la joven.

—Tú sabes que está orgulloso de ti y que te quiere —respondió ella, mientras hurgaba en el interior de una gaveta. Por fin dio con un molde, lo puso sobre la mesa y comenzó a rellenarlo con la masa.

—No lo hace por mí.

—¿Entonces?

—Lo hace por él. ¿Por quién más? —el hombre se colocó detrás de la mujer. Le hizo a un lado el cabello que le caía sobre los hombros y comenzó a besarle el cuello. Ella chasqueó de placer—. Oye, ¿sabes?… Aún no me has dado ningún regalo de cumpleaños.

La mujer se dio la vuelta. Las manchas de harina en la cara le daban un aire infantil.

—Mejor otro día… Acuérdate que todavía no cumplo los tres meses. Tú me lo acabas de decir.

El hombre se alejó a la puerta. Metió las manos en los bolsillos del pantalón.

—Era sólo una sugerencia, por si querías hacerme un buen regalo. Pero, bueno… —dijo Julián y se

quedó pensativo; luego agregó—: Oye, Alma…
¿Dónde guardaste la colección de tarjetas postales?
Le prometí a Rocío que se las prestaríamos hoy.

—No… —la mujer jaló la puerta del horno, se
puso un guante de asbesto y metió el molde—. No
se las vuelvo a prestar. Todavía no le perdono las que
me rompió de Grecia.

—Prometió que va a cuidarlas… Además, yo voy
a estar allí.

—Dije que no —la muchacha cerró de un golpe
la puerta del horno. Después se alzó de puntas para
alcanzar un frasco de mermelada del anaquel de
encima. Durante unos segundos, se quedó mirando
la espesura de la fresa, su color apagado y sin vida.
Abrió el frasco para hundir el índice a manera de
cuchara. Tan pronto paladeó el azúcar, se dio la
vuelta y agregó—: Bueno, está bien, les presto las tarjetas pero con dos condiciones. Una: nada de ence-
rrarse con llave —el hombre asintió de inmediato,
la mujer prosiguió—. Y dos: Yo también voy con-
tigo a la frontera.

—Pero yo no dije que quería ir.

—Yo tampoco te he dicho dónde guardé las tarjetas.

—Bueno… Bueno, pero tú te encargas de con-
tentar al viejo, ¿eh? Ya sabes. Me pidió que fuéramos
solos —Julián sonrió complacido—. Pero no le digas
nada a mamá. Luego se siente porque piensa que
siempre lo prefiero a él. Tú ya la conoces.

El cabello de la muchacha se deslizaba vertical
con cada movimiento afirmativo. Se volvió a poner

de puntas pero esta vez alcanzó un recipiente que decía «Harina». Lo destapó y extrajo un fajo de cartones sucios de polvo blanco.

—Aquí están. Y conste que yo no se las quería dar —la mujer le tendió los cartones.

—¿Qué? ¿Ahí…? ¿Y te quejas de que Rocío te las rompe?

La mujer las sacudió con tres golpes en la tela de su delantal.

—¿Las quieres o no? —preguntó.

El hombre extendió la mano y, tras aceptarlas, salió al corredor.

—Rocío… —gritó Julián rumbo a la recámara de los niños—. A que ni te imaginas dónde las había metido.

La niña comenzó a dar de saltos sobre la cama tan pronto tuvo el paquete de postales en sus manos. El hombre regresó a la puerta del cuarto y la cerró con llave.

—Anda, apúrate… —dijo el hombre mientras se acercaba a la cama.

La niña se dejó sentar por las manos del hombre. Su vestido corto se alzó hasta la región de las ingles cuando abrió las piernas en compás. En el ángulo abierto, ella y el hombre desparramaron las tarjetas.

—Pido primeras —dijo Rocío levantando una tarjeta donde una embarcación flotaba entre la niebla.

—Yo anteprimeras —atajó el hombre mientras le detenía la mano. Luego sonrió y le dijo—: Está bien… Te toca.

La niña volteó la postal, se distrajo un instante contemplando la estampilla con el matasello y la letra ágil y redonda como racimos de uvas. Tomó aire antes de fingir que leía:

Querido Juliano:

Estoy en el sueño. Venecia, más bonita de lo que imaginamos la otra tarde tú y yo solitos con el fuego. Deberías estar aquí. Te juro por Dios que ahora sí voy a pedirle tu mano a don Julián. O de perdida te secuestro y te traigo a vivir acá. No puedo vivir sin ti. Besos-mua y besos-mua por tus diecinueve canas. Ojalá que cuando seas un chocho de treinta estemos juntos criando conejos y haciendo mermeladas en Veracruz. Te amo del Mediterráneo a Pátzcuaro.

Rocío

La niña levantó el rostro hacia el hombre. Se miraron con intensidad antes de sonreírse uno al otro.

—Te toca a ti —concedió Rocío.

El hombre examinó el campo revuelto de tarjetas y se decidió por una semioculta por el zapato de la niña. En el frente de la postal, aparecía la pintura de una selva de vegetación oscura y extraña. Los ojos de Rocío se clavaron en el centro de la tarjeta donde un muchacho tocaba una flauta y frente a él una cobra se erigía fascinada. El hombre dijo sin leer: «Mi húmeda Rocío de la mañana: Malasia está más…»

—No es Malasia —dijo la niña al borde del llanto—. Es Tombuctú.

El hombre se aclaró la voz, le dio las gracias y comenzó de nuevo, sin quitar los ojos del rostro de la niña.

Mi húmeda Rocío de la mañana:

Tombuctú está más perdido de lo que tú, yo y los Adams suponíamos. Para cuando vengas, te espera una casa canoa propia porque en la que yo vivo apenas entro yo y mi perico. Ven pronto: dormir al abrigo de la marea es delicioso: nunca sabes en qué parte de Tombuctú vas a despertar.

Firmado: Yo

Se mantuvieron en silencio unos segundos. Sus miradas brincaban de postal en postal. De pronto, ambos coincidieron en la misma tarjeta: un paisaje de montañas cubiertas de nieve, donde una mano ágil había pintado con pluma azul un pingüino. Con un movimiento veloz, el hombre se apoderó de ella. La niña saltó intentando arrebatársela pero tan sólo consiguió desperdigar el resto de las postales por el piso.

Frío glu-glú del pingüino
frío polar del iglú
frío frío tan frío
azul porque no estás…

—¡…Tú! —gritó Rocío como si completara una adivinanza—. Ahora me toca a mí…

—Espera, Rocío —dijo el hombre pegando la boca a la oreja de la niña—. ¿No oyes?

Rocío abrió los ojos. Luego de unos segundos, movió la cabeza afirmativamente. Su fleco se movía vertical sobre sus cejas. Unos pasos se acercaban desde el corredor.

—Hay que escondernos… —ordenó el hombre—. Debajo de la cama. Apúrale…

Los pasos llegaron por fin a la puerta. En el vidrio opaco se distinguían dos cuerpos de distinto tamaño. El más grande, acercó la mano al picaporte, pero éste no cedía.

—Otra vez… Lo hicieron otra vez —murmuró la voz al otro lado de la puerta. Luego gritó—: Julián, no se vale. Abran, Angelito también quiere jugar.

Tendido bajo la cama, Julián reía pero se cruzó los labios con el dedo índice para indicarle a la niña que no hiciera ruido. Rocío tuvo que llevarse la mano a la boca para que no se le escapara la risa.

Las dos figuras de la puerta se alejaron. Julián y Rocío permanecieron unos segundos sin moverse. Cuando escucharon que los pasos se perdían en dirección a la cocina, asomaron las cabezas fuera de la cama. Acodados sobre el piso reiniciaron la búsqueda de postales regadas en el piso.

—De todos modos, hay que hablar muy bajito —sugirió Rocío.

—Sí, por si regresan. Te toca —susurró Julián cerca del oído de su hija.

Rocío revolvió las tarjetas pero no se decidía por ninguna. De pronto, le pareció ver una desconocida. Julián, que se hallaba embebido en un paisaje holandés de casitas y tiestos con flores, no le puso atención en un primer momento.

—Papá, mira… Se parece a la muchacha esa que te quiso mucho y que se murió.

El hombre tomó la postal que le ofrecía su hija.

—Es ella, ¿verdad que sí? La que se llamaba como yo.

Pegada al cartón de la tarjeta, se hallaba el recorte de una fotografía. Vista en conjunto, la nueva postal representaba a una chica de mirada fija sobre las aguas del Sena. Julián intentó levantarse de golpe. El filo de la cama se enterró en su cintura. Aun así, se levantó como pudo y salió del cuarto. El corredor en penumbras le devolvió un eco intermitente y lejano. Por un momento, desconoció el lugar donde se hallaba y tanteó la pared del corredor como si fuera el borde de un precipicio. El eco se hizo más claro. Alguien gemía. Se detuvo antes de caer. Era Alma. La puerta de la cocina, de pronto, estuvo frente a él. Su madera blanca era un muro ciego de luz. Apenas perceptible, la mujer al otro lado de la puerta, dijo:

—¿Verdad que tú sí quieres pastel?

El hombre echó el cuerpo hacia atrás. Alguien respondió con un dejo siseante que sí. Era la voz de Ángel. Julián regresó sobre sus pasos. De pronto, descubrió que aún llevaba en la mano la postal, ya arrugada, con la foto de la chica. Se preguntó en voz baja:

—¿De dónde demonios sacó ella la foto?

Llegó a la habitación pero no encontró a Rocío. La oscuridad se había apoderado de la casa, pero sólo hasta ese momento reparó en ella. Encendió la luz de la lámpara y descubrió que había pisado las postales. Se recostó en la cama. Un zumbido suave y persistente se arremolinaba en el aire. Dirigió la vista hacia la ventana abierta pero protegida con mosquitero. Alcanzó a vislumbrar la rama de un árbol y más lejos un lucero que brillaba intenso, lejano, solitario. Sus dedos tocaron el borde de la fotografía pegada en la postal. El zumbido de la tarde repitió con el hombre el mensaje escrito al reverso:

Amoransia, amoranza, amaranto en flor.
Amarte tanto y sin embargo, decirte adiós…

FLOR DE SANGRE

CLARIMONDA PRECISA de mi sangre para vivir. Tres gotas diarias no son nada comparado con lo que pide Manuel. Por lo menos la súplica de Clarimonda es silenciosa y se acompaña del perfume espeso que casi me hace olvidar el ruido de la gota constante al romper el silencio del agua. La súplica de Manuel, en cambio, tiene ojos delirantes y va acompañada de esas caricias suyas que aprisionan e incendian mi pubis por encima del vestido. La amenaza de acusarlo con tía Consuelo es lo único que lo mantiene aparte. Pero él sabe de los efectos aromáticos de Clarimonda y se aprovecha de ello para sumergirse en la penumbra del cuarto, precisamente cuando mi mano pende sobre el vientre del cristal que cobija la doble entraña de Clarimonda.

Es extraño pero ambos huelen mi sangre a distancia. Por lo que se refiere a Clarimonda, más de una ocasión he visto temblar su tallo ante la expectativa de absorber su alimento. A veces, también, su excitación es tal que alguna de sus flores cae y perturba primero la tranquilidad del agua. El púrpura de la flor o la turbulencia que esta provoca al caer deben de engañarla porque los pelos absorbentes de sus dos raíces comienzan a tantear el agua antes de tiempo. Pero Clarimonda no tolera las burlas ni la falta de sumisión a su extraño vampirismo: despide una emanación más intensa y entonces mi voluntad se desliza gota a gota.

Con Manuel es diferente. Tan sólo dos años mayor que yo, algo tan secreto como las entrañas bulbosas de Clarimonda le inflama cierta parte del pantalón y en ocasiones se lo humedece.

Manuel no pero yo sí porque soy mujer. El griterío del exterior, más allá de la ventana, me devuelve a la memoria el recuerdo de juegos rudos y prohibiciones nuevas. Voces que me repiten: una caída podría rasgar el secreto que sin ser tú Clarimonda también guardas. Mejor entretenerse en la cocina, en la biblioteca o en el herbario de tía Consuelo. Mejor aún con Clarimonda sustraída del herbario y trasplantada a un frasco de vidrio con mucha agua y sin nada de tierra para mirar mejor y comparar los secretos.

Manuel sí pero yo no porque él es hombre. También a él lo alcanzaron los secretos; o mejor dicho, otros secretos. Quizá por eso, un olfato de vampiro (que sin ser como el de Clarimonda) le aguza la mirada cuando el vientre cristalino se enturbia gracias a leves marejadas de un bermellón que no tarda en ser un rosa pálido a punto de desvanecerse.

Hoy, el olfato de Manuel comenzó a actuar antes de tiempo. Tía Consuelo se ha ido al doctor y no llegará sino hasta la noche. Clarimonda también lo sabe. Los estremecimientos en uno y en otra al percibir mi cercanía me confirman en la certeza. Sin embargo, los dos desconocen el esfuerzo de días en que lo más fácil sería abandonarse por entero a cualquiera de sus súplicas. Intuyen pero no saben que soy más sombra de lo que el cuarto en penumbras me impone.

Un haz de luz se cuela por las cortinas y provoca una emanación intensa de Clarimonda. Veo entonces cómo mi mano se materializa al acercarse a la ventana, y cómo no tarda en recobrar su aspecto fantasmal una vez que el cuarto ha quedado en las condiciones necesarias para que, de nueva cuenta, el perfume resbale espesamente por las paredes.

Aunque parezca contradictorio, veo mejor en la oscuridad. A tía Consuelo le pasa lo mismo en el herbario. Por eso habla de pupilas dilatadas y dolores que cesan en aras de un placer pecaminoso. Cada vez que me lo dice le doy la espalda porque su decrepitud le impide entender que es en la oscuridad cuando realmente aprecio el cuerpo de Clarimonda, ansioso como el de Manuel, por esa dosis de vida que yo, sin el menor recato, le brindo.

La intensidad del olor me indica que el momento ha llegado. De pronto, en la penumbra, su doble raíz no es sino un par de piernas que caminan hacia mí para arrancarme el vestido o ponerme una navaja en la mano. Sus brazos anchos, largos, hendidos y vellosos me transforman en un tallo trémulo, temeroso por la caída de alguna flor purpúrea. Ignoro cómo pero el sacrificio ha comenzado. Mi doble raíz abierta de par en par o mi muñeca decantándose sobre la superficie del agua. En ambos casos algo estalla. Una, dos, tres; mil o un millón. El oleaje del mar va expirando dentro de mí.

SU VERDADERO AMOR

Para la señora Reyna Velázquez

I

LA VERSIÓN MÁS COMÚN que circuló por Iguazul fue que el capitán Aguirre era un puto y que por eso le había hecho la cochinada a Zinacanta Reyes en su noche de bodas. Era época de lluvias y la gente, obligada a permanecer en las casas o en la cantina durante días enteros, se dio a la tarea de desmigajar los hechos entre el gorgoteo del agua al caer en los charcos. Sólo Hortensio Reyes, el padre de Zinacanta, y la milicia andaban de un lado a otro tratando de dar con el capitán Aguirre para prenderlo.

El capitán Aguirre apareció unos días más tarde, cuando encontraron su cuerpo encenegado en la laguna de Corralero. A pesar de que pocas horas después se dio a conocer el parte oficial que declaraba que el capitán Aguirre se había suicidado luego de cometer actos que denigraban la rectitud y el alto nombre del ejército, lo cierto es que la gente creyó el rumor de que lo había matado por venganza, aunque, claro, ésta fue una versión en voz baja. Y es que el padre de Zinacanta pesaba tanto en las opiniones de la gente como las toneladas de copra que producían sus cocoteros y las que mercaba a pequeños productores y luego vendía a las fábricas de jabón de la capital. Siempre fue así, según contaba Catalina que cuidó de Zinacanta desde que tenía doce años y acababa de perder a su madre por el cáncer. Entonces Zinacanta no daba luces de las maravillas que sería después. Tilica y sin garbo, caminaba como si la cabeza le pesara. Don Hortensio no se había dado cuenta pero la indiscreción de un borracho, que en realidad sólo repetía lo que decían otros en Iguazul, lo hizo reparar en el desaliño de su heredera. Iba don Hortensio caminando con su hija de la mano por la calle principal de Iguazul, cuando se oyó un grito desde la entrada de la cantina.

—¡Zinacantita, ya no acarree tanta copra con la cabeza! Mire nomás niña, se le está poniendo el cuello de zopilote…

Días después del incidente, Zinacanta, su padre y Catalina partieron para la capital. Hortensio Reyes regresó a los pocos días, pero Zinacanta, según se supo, permaneció en casa de una tía, prima de su padre, para que estuviera bajo control médico y se educara como toda una señorita. Su padre la visitaba cada mes, sin embargo, no fue sino hasta los diecisiete cuando Zinacanta regresó a Iguazul. Poco antes de su regreso, se dijo, visitó las Europas. Cuando la vimos llegar a todos nos pareció que el viajecito por tierras de güeros le había sentado de maravilla. Hasta la piel se le veía más blanca y se traía un destellar en los ojos como si los tuviera claros.

Llegó muy aseñoritada, con sombreros de raso y vestidos muy entallados. Por esas fechas sólo las hijas de los Baños, las Mayrén y las Carmona usaban medias y zapatillas, pero Zinacanta traía unos modelos que sólo se habían visto en revistas de figurines. Y ni qué decir de cómo nos impresionó su nueva manera de caminar. No faltó quien dijera que había cambiado la maquila de copra que antes parecía llevar sobre la cabeza por un simple vaso de agua. Tal era la fragilidad y elegancia con que movía piernas, cadera, brazos, hombros y cuello. Muchachas menos agraciadas comenzaron a criticarla. Que si las estolas que usaba en las fiestas no eran propias de un clima tan caliente como el de Iguazul, que si las zapatillas de tacón de aguja resultaban inadecuadas para suelos de tierra apisonada que se empantanaban en la época de lluvias, que si las joyas que se ponía eran una provocación para los bandidos de pueblos cercanos, que si su manera de mover las nalgas era más de rumbera que de señorita decente...

Habladurías de mujeres celosas. Porque lo cierto fue que medio pueblo (la otra mitad eran mujeres) quedó prendado de Zinacanta Reyes como si ella fuera la única hembra no ya de Iguazul, sino del mundo entero. Pero de sobra sabíamos que, para nosotros, estaba más alta que la virgen del cielo. A lo más que aspirábamos era, ya relamido el cabello con

brillantina, muda nueva y zapatos, a que nos con-
cediera una pieza en las fiestas que con regularidad
empezó a ofrecer don Hortensio desde su regreso. Era
cómico ver a las mujeres de buena familia con sus vestidos largos, zapatillas, pieles y joyas, andar sorteando
los charcos para no resbalar y ensuciarse... Fue en
una de esas reuniones en que escuché al presidente
municipal sugerirle a don Hortensio que por qué no
mandaba a Zinacanta a ese concurso de belleza que
no hacía cosa de más de un año se había empezado
a organizar en la capital. Seguro que lo ganaba.

—Pero, don Tano, si mi Zinacanta es una
muchacha decente. Dígame, ¿qué va andar haciendo
entre esas mujerzuelas?

Zinacanta, presente en la conversación, sólo sonreía. Y era una delicia verla sonreír porque cuando
lo hacía, juntaba por instantes los labios y luego los
separaba como si estuviera dándole de besos al aire...

Las Baños, que poco tiempo se dieron su vuelta
por la capital para visitar tiendas y comprar la última
moda, presumían de haber introducido el uso de la
libreta en los bailes, pero la verdad, fue Zinacanta
Reyes la que empezó primero. Lo recuerdo muy bien
porque fue en la fiesta de Año Nuevo cuando el sargento Vigil le pidió a Zinacanta la primera pieza. Yo
estaba cerca y pude oír lo que ella le contestó.

—Si quiere usted bailar conmigo, tendré que ano-
tarlo en mi libreta.

Y lo anotó, lo mismo que a los otros que, una
vez enterados, fuimos a pedirle un baile por antici-

pado. Pero el sargento Vigil se tomó la coquetería
de Zinacanta como un desprecio y se fue de la fiesta.
Zinacanta no tuvo tiempo de indignarse porque de
inmediato se le acercó el entonces teniente Aguirre
para invitarla a bailar, a lo que ella accedió sin reparar
en que el nombre del teniente no estuviera escrito en
su libreta.

—Disculpe al sargento —le dijo el teniente—. Así
es él de arrebatado y Aguirre dirigió una mirada lánguida hacia la puerta por donde había salido el sargento.

Y al bambuco le siguió un vals y luego una chi-
lena, y ambos, tomados de la mano, con una fragilidad parecida en los movimientos y las vueltas, nos
hicieron antever parte de lo que iba a pasar. Que Zinacanta estuviera enamorada ya del teniente antes de
aquella fiesta, es algo que ni la propia Catalina pudo
confirmar. De todas formas, las malas lenguas encontraron en el detalle de la libreta, un ardid de Zinacanta
Reyes para obligar al teniente Aguirre a que diera la
cara por el sargento, bailando con ella, y con el baile,
la ocasión para que Zinacanta se le metiera entre los
brazos al teniente, porque él hasta ese momento no
dio luces de estar interesado en cortejarla.

El teniente era tan correcto y refinado que incluso
ya en esas fechas se sospechaba de su virilidad. Se
sabía que era de un pueblo cercano a Iguazul pero
el hecho de que no se le conociera ninguna aventura
levantó rumores. Y la gente hablaba, sobre todo aquellas mujeres que alguna vez le habían coqueteado

—porque eso sí hay que reconocerle, tenía mucha suerte para gustarles—, y de las cuales el teniente se alejó con un leve saludo en la visera de su gorra. Los que defendían su rectitud alegaban que era un hombre tímido pero muy tenaz, celoso de su carrera militar, y que muy pronto lo ascenderían. Y en efecto, al poco tiempo lo hicieron capitán ante el enojo de más de una que veía en él un excelente pero, a la vez, imposible partido.

Nadie sabía en qué se entretenía Aguirre en sus días de descanso. Lo más seguro es que se la pasara leyendo los libros que le encargaba a don Apolinar, el librero de Iguazul. Eran novelas raras, gruesas y sin ningún dibujo, muy diferentes a los cuentos que cada semana le mandaban por tren a don Apolinar y que todos esperábamos con devoción. No sabíamos mucho de sus gustos aunque era evidente que le encantaba platicar con los muchachitos. Les compraba dulces, balones e historietas, pero como muchos no sabían leer, no era raro encontrar al capitán los sábados por la tarde, en la cancha de básquet que se hallaba detrás de la iglesia, rodeado de chiquillos que esperaban escuchar las aventuras del príncipe Flor de Nopal o la leyenda del Monje Blanco.

Un buen día el círculo de chiquillos se deshizo y pudo verse al capitán picando piedra para la construcción del nuevo campanario de la iglesia. Fue un escándalo a media voz porque en el fondo la fragilidad de su mirada y un cierto respeto a un grado militar que se había ganado a pulso, evitaron que el problema llegara a mayores. Tampoco se sabían muchos detalles porque la madre de Homero, pensando en evitar que el nombre de su hijo anduviera de boca en boca, se fue a vivir con unos parientes al Ciruelo. Lo que sí se supo es que fue un asunto de zapatos. Homero tenía once años y como la mayoría de la chamacada de ese tiempo siempre andaba descalzo. Una de las tardes de lectura en la cancha de básquet, el capitán le pidió que se quedara cuando los otros ya se iban. Tenía algo especial para él: un par de zapatos de hule. Cuando caminaban rumbo a la casa de Homero, varios niños dijeron haberlo visto con los zapatos puestos por más que le daba trabajo caminar con ellos. La casa de Homero estaba mucho más arriba del arroyo. Alguien dijo que los había visto nadar, pero hacía tanto calor que no se sorprendió de verlos jugar en el agua. Homero llegó a su casa al anochecer y al poco rato su madre bajó del monte, a riesgo de toparse con una víbora coralillo, y se dirigió al cuartel. Ella, que después quiso evitar las habladurías, fue la que dio pie para que el rumor se extendiera. Porque cuando los soldados le impidieron la entrada, se les fue encima hecha una furia y vociferando: «Déjenme, déjenme ver a ese hijo de la chingada que me puteó a mi hijo…». Forcejeó tanto que cuando por fin la dejaron pasar y entró al despacho del mayor Carmona, iba ya sin fuerzas para reclamar. Qué fue lo que le dijo el mayor para convencerla de no hacer ninguna acusación formal, nadie pudo averiguarlo. De todos modos, al día siguiente, a la salida de la misa de nueve, la gente se persignaba cada vez que alguien mencionaba el nombre del capitán.

Al capitán lo desaparecieron unos meses. Se hablaba de que lo habían trasladado a la capital. Regresó a mediados de mayo cuando la gente estaba ya entretenida con la matanza de los hermanos Clavel a manos de la familia Buendía.

Desde que llegó podía verse al capitán en sus días de descanso, deslomándose en picar piedra para la construcción del campanario, pero casi nadie reparaba en él, ocupados como estábamos en rastrear los últimos pedazos (una oreja y un pie), que era lo único que faltaba por encontrar de los difuntos. Tampoco se prestó mucha atención a la nueva figura que comenzó a hacerle compañía al capitán, máxime que, conforme pasaban los días, Emperatriz Clavel triplicó la recompensa que había ofrecido para encontrar todos los otros pedazos con los que se dio cristiana sepultura a los infortunados hermanos. Esa nueva figura en la que muy pocos repararon al lado del capitán fue Zinacanta Reyes.

Cuenta Catalina que esos fueron los primeros encuentros amorosos de la infeliz pareja, cuando Zinacanta le quitaba la jarra de limón de las manos para ofrecerle ella misma un vaso de agua al capitán. Entonces Zinacanta volvía a llenar el vaso vacío y mandaba de regreso la jarra con Catalina. Al principio, Aguirre rechazó su compañía pero poco a poco se fue mostrando alegre y dejaba la pica a un lado, apenas la veía venir. Sin duda, debió de intuir que aquella mujer podía ser el ángel de su salvación.

Conforme pasaron los días, el asunto de la búsqueda de la oreja y el pie restantes se fue olvidando. Poco a poco, comenzamos a ver a nuestro alrededor y para muchos de nosotros fue una sorpresa encontrarnos con que cada sábado a eso de las cuatro de la tarde, Zinacanta y el capitán Aguirre se veían en los alrededores de la iglesia. Alguien que sí no debió de perderles la pista desde los primeros encuentros fue el sargento Vigil, porque le dio por pasearse por los portales de la plaza, atisbando siempre en dirección de la iglesia. Que Vigil estaba muy interesado por Zinacanta Reyes era un secreto a voces, no obstante que desde la vez que el sargento sacó a patadas de la cantina a un mudo nomás porque se le había quedado mirando con insistencia, nadie se atrevía a molestarlo y mucho menos en un asunto tan delicado...

Sólo a don Apolinar se le podía haber ocurrido tocar el punto, en una de las tardes en que se daba su escapada para tomarse un cafecito en los portales con el presidente municipal. Yo estaba en una de las bancas de la plaza cercanas al café, acompañando a mi padre, y pude oír cuando don Apolinar le gritó al sargento, que a la sazón se hallaba recargado en una columna, mirando hacia la iglesia y fumando un cigarro tras otro.

—Oiga mi sargento, no se le vaya a acabar la mirada... La paloma ya tiene dueño.

El sargento tuvo que hacer esfuerzos para contenerse. Arrojó el cigarro al piso mientras decía:

—Vamos viendo si esa paloma come mejor en otra mano.

Y se alejó decidido a llevarse al diablo por delante si fuera necesario.

Fue hasta un año después que el capitán Aguirre se presentó en la casa de don Hortensio Reyes, con traje militar de gala y acompañado del mayor Cardona, para hacer la petición formal de mano. Los curiosos nos apelotonamos en la ventana para ver a Zinacanta con un vestido azul de encajes enresortados que le ceñían el busto y los hombros. En el cuello llevaba enredada una doble hilera de perlas que habían sido el primer regalo del capitán. La mirada la tenía completamente azul por más que sus ojos fueran casi siempre oscuros.

Los dos meses de plazo para la boda se fueron como el agua entre las visitas oficiales del capitán a la casa de los Reyes, las salidas a media tarde de la pareja, siempre acompañados por Catalina, los viajes a la capital para completar el ajuar de la novia…

Cuando se enteró de la noticia, el sargento Vigil se metió a la cantina y no salió hasta que, ya borracho, le contó a todo el mundo que quiso escucharlo detalles acerca de aquella tarde en que Homero y el capitán Aguirre se metieron al arroyo. Luego se fue a casa de su amante, Bella Galindo y la golpeó hasta dejarla inconsciente. Al otro día se supo que los Galindo lo andaban buscando para matarlo. Fue entonces que el capitán Aguirre tomó cartas en el asunto. Mandó a un pelotón a que arrestara al sargento y lo llevara sano y salvo al cuartel. Horas después regresó el pelotón con las manos vacías, pero con el dato de que los Galindo se habían ido a las Iguanas porque alguien les informó que Vigil se estaba escondiendo en casa de uno de sus hermanos. Entonces el capitán marchó en su búsqueda, y contrario a lo que se esperaba, lo trajo preso a caballo, arriesgándose a que los Galindo lo venadearan también a él.

Era ya de noche cuando pasaron rumbo al cuartel. Aguirre cabalgaba en silencio, con la mirada perdida; el sargento, con las manos atadas al frente para sostener las riendas, marchaba con un dejo de sorna en los labios carnosos. Qué tormentas y qué incendios se escondían detrás de aquella mirada perdida del capitán, fue algo en lo que la gente prefirió no pensar por miedo a encontrar una respuesta y aceptar entonces que las tormentas e incendios de verdad apenas se avecinaban.

Solamente a las almas de manantial como la de Zinacanta Reyes les estaba permitido ver en aquel arresto un acto de valentía y de bondad. Que don Hortensio Reyes no hubiera escuchado las murmuraciones que sobre su futuro yerno se decían por todo Iguazul, resulta más que imposible. Pero bastaba conocerlo un poco para saber que detrás de toda aquella gravedad que lo caracterizaba, estaba un hombre que había tenido dos amores —aunque de diferente índole— en toda su vida: la madre de

Zinacanta y Zinacanta Reyes. Así que si se enteró, prefirió guardárselo muy adentro nada más de ver a Zinacanta bordando las iniciales de su nombre entrelazadas con las del capitán en las sábanas, pinchándose, casi con un placer martirial, las yemas de los dedos; ella que desde muy niña había aborrecido esas labores.

Llegó por fin la fecha de la boda. Se casaron un mediodía de junio, en plena época de lluvias. Cuando pasó todo, el padre Samuel dijo en su sermón dominical que el cielo había mandado toda esa agua para lavar el gran pecado que estaba por cometerse.

Zinacanta entró a la iglesia con los ojos destellantes de alegría. Vestía un traje de novia que, al menos durante ese día, fue la envidia de todas las mujeres. El capitán Aguirre, por su parte, llevaba traje militar de gala pero su apariencia de soldado de plomo, ese andar autómata y lejano, poco tenían que ver con el nerviosismo y emoción que otros hubiéramos sentido de estar en su lugar. A su regreso de la iglesia, los esperaba el juez en la casa de Hortensio Reyes que había sido adornada con cestos y arreglos de magnolia. Con el calor, las magnolias despedían a ráfagas su aroma de lima. Al finalizar la ceremonia, los recién casados se dieron el primer y último beso en público, pero fue Zinacanta la que buscó los labios de Aguirre mientras que él sólo se dejó besar. Muchas mujeres que asistieron a la fiesta estaban realmente felices con el casamiento de Zinacanta, puesto que ahora les quedaba el campo libre con el resto de los galanes. Hubo otras, sin embargo, cuya envidia se translucía detrás de cada brindis, de cada mueca en forma de sonrisa, y era notorio que clamaban desgracia. Qué pronto habían de sentirse redimidas de su suerte cuando al día siguiente se corrió la voz por todo Iguazul de que Zinacanta Reyes había regresado a su casa la misma madrugada de la noche de bodas. Algunos meseros y el mozo que barría la estancia, la vieron partir rumbo a la capital luego de haberse encerrado con su padre y Catalina en el despacho. Envuelta en un chal negro, era más un alma del purgatorio que el ángel del Paraíso con que muchos la identificábamos.

Marchó sola porque su padre decidió que Catalina compareciera en las averiguaciones, si es que después alguien le pedía cuentas por haberse cobrado la afrenta del capitán. Dicen que Zinacanta no se opuso a las amenazas de su padre, ni siquiera se le escuchó llorar o proferir palabra; sólo Catalina fue quien, entre lamento y lamento, refirió lo sucedido en la casa que don Hortensio les regaló a los recién casados: en resumidas cuentas, que el capitán Aguirre era un puto y que, a cambio de recibir los favores del sargento Vigil, había accedido a las peticiones de éste para suplantarlo ante Zinacanta Reyes, la noche de bodas.

Zinacanta Reyes, que aun con los ojos cerrados habría identificado hasta un cabello del capitán Aguirre, descubrió en la oscuridad de su alcoba el engaño apenas la tomaron unos brazos fornidos que en manera alguna podrían ser los del capitán. Cuando se dio cuenta de lo que hacía ya había forcejeado con el sargento y había gritado pidiendo ayuda. Catalina, en una habitación contigua, escuchó sus gritos y se precipitó en la alcoba nupcial. El sargento se dio a la fuga, pero Catalina alcanzó a verlo cuando saltaba la ventana. Entonces le puso un chal a su señorita y la arrastró hasta la casa de su padre.

Esa misma madrugada comenzó la búsqueda del sargento y del capitán. Al primero lo encontraron, horas más tarde, en una cantina del Ciruelo. Lo arrestaron y el mayor Carmona lo reclamó para un juicio militar. Los rurales y los hombres de don Hortensio lo entregaron sin ningún reparo, después de todo, Vigil había pecado por ser demasiado hombre, mientras que Aguirre…

Cuando días después apareció el cadáver del capitán nadie habría podido asegurar que en verdad se trataba de él, de tan mordisqueado que estaba por las jaibas de la laguna. Se le practicó una autopsia por demás apresurada que declaró que el capitán había muerto de un balazo que él mismo se había inflingido en el paladar. Como no tenía parientes en Iguazul, el cuerpo quedó a disposición de las autoridades. Contrario a lo que pudiera esperarse, fue Hortensio Reyes quien lo reclamó antes de ir a reunirse definitivamente con su hija a la capital; pero lo hizo sólo para darse el gusto de enterrarlo, sin ataúd ni plegaria alguna, a un lado del cruce de caminos.

II

Tan mujeriego como era el sargento Vigil, dejó muchos culitos ardiendo entre las prostitutas de Iguazul. Tal vez por eso fue que ellas, conocedoras de la otra parte de la historia, no hablaron sino hasta años más tarde, cuando ya se les había enfriado. Fue a la casa de Sebastiana donde Vigil llevó al capitán Aguirre para que, supuestamente, se divirtiera con las muchachas antes de ponerse el yugo. Para la misma Sebastiana resultó extraño que Aguirre hubiera aceptado acompañar al sargento la víspera de su boda, cuando era evidente que, ardido como estaba, el Vigil no podía buscar otra cosa que perjudicarlo. Tal vez necesitaba demostrarse que podía jugar con fuego y no quemarse, pero para que se quemara y ardiera en los infiernos, causando de paso la desgracia de Zinacanta, el sargento había fraguado meticulosamente su venganza.

El sargento no era ningún ciego para no darse cuenta que el rescate en las Iguanas para que los Galindo no lo mataran, era una prueba indudable del interés del capitán Aguirre por él. Cierto que luego hubo ocasiones en que lo encarcelaron por indisciplina y que había sido el propio capitán quien había dado la orden del castigo. Pero para el sargento eso no fue más que otra prueba de que Aguirre lo castigaba y lo alejaba de sí porque le tenía miedo. O más que tenerle miedo a él, se lo tenía a sí mismo. Y para llevar a cabo su venganza, al sargento no le bastaban los rumores y sus conjeturas, necesitaba hechos y... testigos. Y para ello, el sargento se puso su piel de oveja agradecida e invitó al capitán a la casa de Sebastiana. De que tomaran y tomaran hasta que Aguirre perdió los estribos y se cayó del caballo de su conciencia, fue responsable el sargento que a cada rato gritaba pidiendo más aguardiente. Al principio Sebastiana se opuso a la idea de que Vigil subiera a rastras al capitán a un cuarto del primer piso y de que se quedara a solas con él, pero cambió de opinión cuando el sargento le deslizó por el escote un billete de a cincuenta. Media hora antes de que el sargento abandonara la casa de Sebastiana, no volvió a pedir bebida. El cuarto a donde se metieron permaneció en silencio, o al menos, las muchachas no pudieron escuchar nada a pesar de que pegaron bien la oreja a la puerta. Y como estaba a oscuras, tampoco pudieron ver nada cuando se encaramaron a una ventanita superior. Horas después de que el sargento se había marchado, Aguirre salió del cuarto dándose de tumbos contra las paredes. No tuvo que preguntar nada porque, al decir de Sebastiana, la mirada esquiva de las muchachas lo decía todo. En realidad, «todo» lo que el capitán quiso entender porque tampoco nadie hubiera podido probar a ciencia cierta que ese «todo» en verdad había pasado.

El resto de la historia no es sino el encajar inevitable de piezas: la amenaza de Vigil si Aguirre no accedía a sus planes, el miedo o la culpa de Aguirre que lo hizo dejarse caer en el abismo porque a final

de cuentas el paso de su perdición —eso creyó él—
ya lo había dado...

III

Horas antes de que acabara la fiesta de la boda, el
sargento Vigil se apersonó en el lugar y se paseó
frente al capitán Aguirre y Zinacanta precisamente
cuando les tomaban la foto del primer brindis. Ebrio
como estaba, el sargento pidió a gritos que lo foto-
grafiaran con el capitán y su señora esposa, pero
nadie se atrevió a correrlo temiendo que malograra
la fiesta con un escándalo. En la foto que Catalina
conservó como amuleto contra la desgracia, aparecía
en medio y un paso atrás de la pareja, sonriendo
triunfal. En aquel instante el rostro de Aguirre se
mostraba sereno. Tal vez, hasta eso le había perdo-
nado al sargento. A fin de cuentas, más allá de todo,
era su verdadero amor.

De pronto, Aguirre se desapareció de la fiesta.
Zinacanta Reyes tomó esto como una discreta invitación a que se retiraran y se fue en compañía de
Catalina a su nueva casa, construida a orillas de la
laguna de Corralero.

Después, cayó la desgracia.

Sobre si fue suicidio o no resulta inverosímil que
un mismo hombre pueda darse un tiro en el culo
para luego dárselo en la boca, o al revés. Algunos ase-
guraban que don Hortensio indignado, otros que si

Vigil despechado por el nuevo rechazo de Zinacanta, otros más que si la propia Zinacanta... Los menos, que Aguirre en verdad se suicidó y que alguien llegó a rematarlo.

Durante meses la gente se mantuvo a la expectativa por averiguar más detalles, pero conforme pasó el tiempo, Aguirre, el capitán Aguirre, no fue más que un recuerdo funesto. Iguazul creció y cambió de nombre. Sus ríos y arroyos se secaron y sus días se hicieron más cortos. Tal vez por eso nadie se atacó de risa cuando en el mismo lugar en que enterraron al capitán Aguirre, las autoridades erigieron la estatua de un prócer de la independencia.

CUANDO MARÍA MIRE
EL MAR

PRELUDIO

TAL VEZ SUCEDA AHORA que María se ha desper-
... tado de un sueño donde el hombre de su vida le
ofrece un platito colmado de cerezas. Tal vez conserve
el sabor de la fruta en su boca y decida disfrutarlo
por más que la sensación de humedad en la cama se
vuelva un imperativo para el odio: «… A Gabriela le
da miedo la oscuridad y se orinó en la cama». Pero
si ese sueño tan delicioso de las cerezas y el hombre
de su vida no lograra detenerle las manos antes de
tantear el calzón de Gaby y descubrir con asombro
que se halla completamente seco, habría que recordarle aquello de las sorpresas nocturnas a que están
expuestas las embarazadas para que reconozca que
ha sido ella, y no la niña, la que ha mojado la sábana.
Entonces pudiera ser que María, al oír la respiración
del mar más allá de la ventana abierta, dominara sus
impulsos de hurgar el sitio donde Gabriela esconde
su tortuga y recordara otra parte de su sueño: la
respiración sonora del hombre al someterla con el

poderío de su cuerpo. Tal vez hasta pudiera recordar sus labios vehementes o su piel sudorosa deslizándose sobre ella como una ola. Y de repente, aquel mismo miedo: «Es que no podemos… Estoy embarazada». Es muy probable que María sea incapaz de recuperar los demás fragmentos, pero éste valdría la pena por todos: el gesto del hombre para acercarle una cereza a los labios. Porque entonces, como una marejada, ella recordaría su propia lengua recorriendo la esplendidez de la fruta apenas contenida por la delgadísima cáscara. Y mientras el hombre la embiste, sentir la cereza entre los dientes y, luego, aquel sabor desconocido que estalla en su interior.

Sólo entonces, pudiera ser que María, en vez de sacar la tortuga de su escondite, se dirigiera directo a la terraza. Y una vez allí, contemplara el mar como un ropaje de pliegues que con una sola mirada uno puede llevar puesto.

PARA LLEGAR AL MAR

Razones para llegar al odio: *Primera:* Cinco personas en un automóvil compacto que viajan rumbo al mar. (Dileana, la prima de María, sólo dijo: «Anda, Mariqui, anímate, allá lo piensas. ¿No ves que en el mar la vida es más sabrosa?» Y María haciéndose ilusiones de que por fin Dileana la trataba como a su igual, un viaje para ellas solas, por fin dos mujeres y no aquella distancia de caramelos y flores que el tiempo siempre había marcado con una diferencia de nueve años. Pero, a última hora, Dileana había invitado a su nuevo galán: Rolando, para más señas; a su nueva amiga del alma: Claudia, con todo y equipo de buceo; y había cargado hasta con la jaula del perico, o lo que era igual: Gaby, la hija de su sirvienta.) *Segunda:* La verdadera identidad de Gabriela: de jaula de perico a lapa pegajosa. (Si Gaby estaba en medio, entre María y Claudia, ¿por qué se obstinaba en recargar sólo en María el peso de su cuerpo cuando se quedaba dormida?) *Tercera:* La pregunta pico de lanza de Rolando: «¿Y por qué tienes que pensar si tienes a tu hijo o no? ¿Que no quieres a tu esposo?». Y la respuesta de María: «Te dicen Rolando el Discreto, ¿no? ¿Acostumbras lanzarte pica en mano apenas conoces a la gente?». Dileana, silenciosa al volante, escuchó agradecida la llamada del juez de plaza: «Calma, matadores», intercedió jocosa Claudia, «queremos llegar vivos a la playa». María reparó por vez primera en Claudia. La vio alzar los hombros y apuntar con el índice en dirección de su vientre: «Tranquila, todos tus entripados se los traga el muchacho… ¿Cuántos meses tienes?». Y María un poco más sosegada: «…Dos meses y medio». Se restableció la calma. Pero muy adentro de María, el odio-veleta dejándose empujar por los vientos rolandisios: Dileana les había contado todo… La veleta giró más rápido: ¿También lo de los llantos súbitos, aquellos temores de romperse toda con el embarazo, de quedarse sin sangre, de desaparecer…? La veleta

chirriaba rabia: ¿También les había confiado lo de
Javier, aquel terror de que dejara de quererla si ella
decidía abortar a último momento? (Un compañero de trabajo le había dicho a María que cuando
uno de los miembros de la pareja no aceptaba el
embarazo, el matrimonio terminaba por romper. Y
aquel comentario había hecho tanta mella, refor-
zando sus temores, que cuando Dileana la invitó
al mar para que allá acabara de pensarlo, María se
imaginó en una cabaña de paredes blancas escuchando el rumor del mar mientras su prima le acariciaba el pelo como cuando niña y se lo anudaba
en un par de trenzas. Y María creyó que cuando
Dileana terminara de tejerle el cabello, ella sabría
también qué decisión tomar).

En cambio, de cara al paisaje de agaves y planicies que se deslizaba más allá de la ventanilla del auto
en ese trayecto obligado para llegar al mar, María
sintió que un lento pero tenaz oleaje refluía en su interior. Incluso, podía tocar su espesura, el tosco tejido
de sus babas y grumos. Necesitaba un poco de aire,
extender la mano para bajar el vidrio de la ventanilla
antes de que el odio apareciera a medio digerir sobre
los sillones del auto nuevo de su prima (quizá sobre
el brazo de Gaby dormida que le rodeaba el vientre).
Los otros desempolvarían sus imágenes de mujeres
embarazadas: panza enorme (a María, por supuesto,
ni se le notaba todavía), antojos de comida inusi-
tados a horas inconvenientes y sí, claro, las náuseas
y los vómitos. Y terminarían por disculparla. Incluso

Rolando. Devuelta al paisaje de agaves espinosos y planicies solitarias que se extendía inconmensurable en ese trayecto obligado para regresar del odio, María se vio pasar en el asiento trasero de un auto, rumbo a un destino proclive al desencanto: una vez más su prima le había fallado.

SUEÑO CON FONDO DE MAR

Razones para llegar al mar: aun antes de saberse preñada, María comenzó a dormir con el mar. En sueños precedentes: una mancha fría, polar, con capas superficiales de hielo, contemplada desde fiordos y cantiles esculpidos hacia las alturas por el embestir de olas gélidas y vientos huracanados. Ahora, en cambio, se introducía en el mar como en un cuerpo pródigo que la rodeaba de caricias violentas, galopantes, rompientes, para luego, con tibieza de espuma, depositarla en este lado de la conciencia, suave pleamar donde encontraba el cuerpo de Javier emergiendo de los farallones de las sábanas. A María le bastaba contemplar el vigor de los músculos de su cuello, la posición acechante de sus nalgas, para acercarse, náufraga, a beberlo y devorarlo entre espasmos y súplicas que no eran necesarias porque Javier, apenas tocado, despertaba a su propio deseo.

Dos semanas de retraso y sin mediación de análisis de laboratorio, María supo por otro sueño que el mar había decidido no salir de su vientre. En el sueño

María se encuentra solitaria. El mar transparenta la finísima arena del fondo. A lo lejos, una isla de escarpados riscos blanquea el horizonte. María se mete al agua y comienza a nadar. Una, dos, tres brazadas, el movimiento constante de los pies, las nalgas por arriba del nivel del cuerpo. El mar responde a cada movimiento de su cuerpo como si juntos bailaran una danza aprendida en tiempos remotos. María siente el agua entre sus piernas y entonces descubre que no lleva traje de baño. Suave pero decidido, el mar extiende unos dedos que tallan, vehementes, su pubis; luego, busca abarcarla por entero: hace presión y su vagina abre compuertas para recibirlo. «Nunca pensé que el mar fuera un hombre», soñó María que pensaba antes de que el mar comenzara a dar de tumbos en su interior.

Seguía en el agua, pero había sacado la cabeza para orientarse. No encontró la isleta ni la playa por ningún lado. Mar abierto. De pronto, el miedo sólo estuvo ahí, tomó cuerpo y se paseó bajo su vientre. ¿Una tintorera... un cachalote? Ni siquiera terminaron de formarse esas palabras en su mente cuando su imaginación ya volaba o, más bien, se hundía en regiones abisales, cavernas vivientes, precipicios reptantes, sin luz ni fondo, cuya respiración era el sonido hueco de la profundidad. Incluso, podía adivinar su cola inmensa y poderosa que apartaba las aguas a su paso. María no se dijo: «Va a devorarme», porque cada una de sus células oníricas la lanzaron en un braceo desesperado hacia la escapatoria. Con todo, surgió:

«Voy a mirar, aunque me muera de miedo, aunque me congele con su mirada terrible…», y metió la cabeza dentro del agua. Tuvo que abrir y cerrar varias veces los ojos antes de dar crédito a lo que tenía debajo: tan grande que no se le veía fin, un banco de peces de colores se deslizaba como un arco iris viviente. María habría pensado: «Mira dónde vine a conocer un arco iris», o lo que es igual: «Entonces los arco iris sí existen, pero uno los busca en el lugar equivocado…». Sólo que María tuvo que doblarse porque se estaba muriendo de la risa. Algunos peces se colaban entre sus piernas atraídos por una corriente oculta que los llevaba al interior de su vientre. María sonrió al pensar: «Ahora sí soy una pecera».

Tres semanas más tarde Dileana telefonearía: «Anda, Mariqui, allá lo piensas. Hazme caso: el mar es buen consejero». Y luego, Javier, al escuchar la sugerencia de la prima: «Mmm… María al mar… y allá te decides. No está mal». Pero a María no le bastaban esas razones.

BREVE DESCANSO
EN LAS ESCALERAS QUE LLEVAN A LA PLAYA

Para que María mire el mar habría que detenerla mientras desciende los escalones que bajan a la playa. Decirle, como le diría Dileana: «Oye, Mariqui, ¿no te gustaría saltar las olas?». Porque entonces ella respondería: «Claro que sí, pero no puedo. Estoy embarazada». O lo que es lo mismo: «Por supuesto que sí, pero a Dileana se le ocurrió saltar primero y no me invitó a mí sino a Claudia». O: «Saltaría las olas si Gabriela no se hubiera quedado allá arriba, en el *bungalow,* buscando un lugar donde esconder a Filántropa». Porque entonces uno podría salirse del papel de narrador o testigo y confrontarla: mira, María, embarazada de hijos, o de odios, o de malentendidos, siempre has estado, ¿entonces por qué no puedes saltar las olas o ver el mar?; o más o menos lo mismo: convidada a saltar a la vida como a las olas, como a la reata, siempre has sido, entonces, ¿por qué esperas que la invitación venga en sobre lacrado y lo traiga un mensajero?; o simplemente: déjate de pretextos que tú aún no conoces a Filántropa ni de oídas, ni te importa conocerla como tampoco te interesaría saber por qué Gabriela te prefirió a ti en el coche y te rodeó con un abrazo ese vientre que, segundo a segundo, crece imperceptible a tus ojos que no saben ver nada.

Pero María no se detiene. Termina de bajar los escalones y con la mano cual visera, otea la figura de su prima. La playa, casi vacía salvo por un joven vendedor de collares que patea una pelota desinflada, la remite al mar. Los torsos de Dileana, Rolando y Claudia sobresalen apenas unos segundos cuando una ola inmensa los sepulta debajo. Tras sonreír, María tiende su toalla; aún le dura la sonrisa cuando se acuesta boca arriba. El sol de media tarde irradia calor suficiente para traspasar el traje de baño y acariciarle el vientre. Piensa que un remojón no le caería mal pero sucumbe al cansancio del viaje. Permanece unos minutos con los ojos cerrados, atenta al romper cadencioso del mar. «María… María… vente a brincar olas», es la voz de Dileana pero María no responde. Unos segundos después, la voz de Rolando sugiere: «Déjala, se quedó dormida». Sólo que María está despierta y reflexiona: «¿Por qué demonios no me dejan en paz? ¿Qué no saben que vine al mar para tomar una decisión? Con tantas voces no podré concentrarme. Si yo pudiera escuchar el mar y perderme en el rebote de sus ecos… tal vez hasta podría sentir a esta salamandra que llevo dentro. La verdad es que me da miedo. Me da dolor sólo de pensar en este vientre cuya piel se irá estirando. ¿Qué tal si es como los globos y la piel estira y estira hasta que ya no puede más y revienta?… Me veo con los intestinos desparramados, con un hoyo en la panza mientras mi salamandra aletea agónica como un pez en la playa… Y qué decir de los cambios: la picazón en los senos, la pesantez del vientre, esta saliva que no es la mía sino la de otro… ¿Cómo no sentir asco ante estos efluvios de sabor desconocido? ¿Y si me invade toda y crece y me llena de su sangre y me come toda? No, qué horror… Supongamos que venzo mis temores y me decido a tener al bebé. Supongamos que es niño. ¿Cuál era ese nombre que me gustó tanto en una película?… ¿Olmo? Sí, Olmo… Pero si fuera niña ya no le pondría Gabriela, por más que a Javier le guste tanto ese nombre… Y a propósito, ¿dónde está Gabriela?». María no pudo responderse porque de pronto se soltó la lluvia. El calor acumulado en su cuerpo casi desprende una nubecilla de vapor al contacto de las primeras gotas. Antes de que pudiera razonarlo o de abrir siquiera los ojos, María arrugó el rostro en una mueca hostil. Las gotas de agua dejaron de caer. María abrió los ojos y tuvo frente a sí una figura a contrasol.

—Anda cabezona… al agua —María no reconoció la voz—. Anda, ese nene que llevas dentro se va a sentir, ¡qué digo!, como pez en el agua.

María tardó unos segundos en comprender que se trataba de Claudia. Nunca la imaginó tan fuerte. A pesar de su rabieta, Claudia la cargó en brazos y no la soltó sino hasta que estuvieron en el mar. Dileana brincó de gusto.

—¡Ahora sí, todos juntos!

—No… falta tu neceser —bromeó Rolando mientras la alzaba en hombros y Dileana comenzaba a gritar.

—¿Mi neceser?… —dijo Dileana una vez que Rolando la bajó—. ¿Quieres decir, Gaby? ¡Deveras! ¿Dónde está Gaby?

Ante la nula respuesta de los otros, Dileana caminó hacia la orilla. Tras avizorar todos los rincones del horizonte visible, se dirigió al *bungalow* con ese desconcierto del que extravía su equipaje. Verla subir la escalinata, chorreando agua, con sus piernas regordetas y esa gracia con la que, aun en esos casos, movía las nalgas, fue razón suficiente para que María se olvidara del mar: «Como si en verdad

Gaby le importara tanto…». Tan absorta estaba que no reparó en la respiración de una ola que crecía a sus espaldas. A punto de caer, los brazos de Claudia la sostuvieron por la cintura.

NAUFRAGIOS
EN UN VASO DE AGUA

Tal vez habría que preguntarse por qué Dileana decidió que María y Gaby compartieran la misma cama. Bien pudo ella —rumiaba María— hacerse cargo de Gabriela en la cama que compartía con Rolando, o mandarla a los sillones de la estancia. Posibles respuestas: 1) Dileana pensó que María podría sentir alguna molestia durante la noche y que en ese caso Gabriela le sería de utilidad; 2) el *bungalow* contaba con tres recámaras: la alcoba con vista al mar que ocuparon Dileana y Rolando, un cuarto intermedio destinado a salón de juegos pero que podía transformarse en recámara y que ocupó Claudia, y la habitación con cama *queen size* que Dileana destinó para su prima y Gaby; 3) Dileana se sintió con más confianza para imponer a María y no a Claudia la presencia nocturna de Gaby por la sencilla razón de que eran primas y decisiones como ésas solía tomarlas cuando María, siendo niña, era prácticamente adoptada los fines de semana por la familia de su tío para aligerarle la carga a aquella mujer viuda y melancólica que era su madre.

Por supuesto, para María, sólo la última respuesta era la única posible: Dileana continuaba mirándola como a una niña y decidiendo por ella. Aceptada como premisa universal y verdadera, María retomó la respuesta tres y decidió darle esta connotación oculta y dolorosa: «Las arrimadas con las arrimadas», se dijo. Y mientras desempacaba a solas porque Gabriela había salido a la terraza, María lanzó una mirada subrepticia a la puerta, buscando un letrero que la confirmara en el sitial donde había decidido colocarse: «Cuarto de las arrimadas». Al no encontrarlo, examinó los rincones de la habitación. Abrigaba la secreta esperanza de creer que su cuarto era un desván con objetos viejos e inservibles. Se sintió desilusionada al descubrir que, salvo las puertas corredizas del clóset que se atoraban, el resto de la habitación estaba en perfectas condiciones. Fue hasta entonces que María concedió: «Bueno, tal vez Dileana tenga otra razón para haberme puesto aquí con Gabriela». Encendió el aire acondicionado y se recostó a descansar. La oscuridad invadía poco a poco el cuarto y no muy lejos, el mar comenzaba a picarse en un oleaje violento. Los otros habían ido al puerto a comprar víveres. Se arrebujó entre sus propios brazos. Una mano le quedó sobre el vientre y pensó: «Yo que tengo tanto miedo, tendré que defenderte de tus propios miedos. Como un ciego que guía a otro para salvarse del abismo… Qué oscuro está todo, así debe de ser la oscuridad cuando uno se pierde en medio del océano. Náufragos, me parece que les dicen. Y el barco puede encallar en un pantano con cocodrilos. ¿Y si en vez de barco es una balsa? Si yo fuera niña podría pensar que esta cama es en realidad una balsa y que en las tinieblas que me rodean hay cientos de lagartos con hocicos acechantes. Este pie lo tengo muy en la orilla... Los cocodrilos podrían soltar la tarascada en cualquier momento y... No, mejor lo quito. Pensar que toda esta locura podría terminar si alcanzara el interruptor de la luz pero... ¿qué tal si estiro la mano y descubro que no hay cama ni apagador ni cuarto? Oye cómo ruge el mar, parece que estuviera aquí dentro... Todo lo que tengo que hacer es encender la luz. La luz...».

María tuvo que ponerse las manos en el rostro. No recordaba haber accionado el interruptor, entonces... ¿quién lo había hecho? Entreabrió los ojos y alcanzó a percibir una figura menuda y sin garbo que, a su vez, la examinaba desde el quicio de la puerta.

—Es que... —comenzó a disculparse Gaby—. Me da miedo la oscuridad.

—Pues pasa de una vez.

Gabriela entró con paso rápido y nervioso. María volvió a recostarse. Cuando miró de nuevo, Gabriela había salido y la luz estaba apagada. Sintió vergüenza: «Qué me costaba admitir que a mí también, a veces, no siempre, me da miedo la oscuridad». Por esta razón, más tarde, cuando cenaron y cada uno se dirigió a su cuarto, María decidió platicar unos minutos con la niña. Al principio, el gesto receloso de Gaby le impidió ver hasta qué punto se hallaba

frente a una versión reducida de Dileana. El tono
de voz y los ademanes de su prima reproducidos por
Gabriela tuvieron una explicación cuando la niña
le confió que convivía tanto con ella, que a veces ni
subía a dormir al cuarto de azotea.

—¿… Y tu mamá, no se pone celosa?

Gaby, quien hurgaba la bolsa de campamento
que le servía de maleta, hizo ademán de sorpren-
derse cuando su mano tanteó el fondo de la bolsa sin
encontrar lo que buscaba; luego se mordió el labio
inferior y dijo con voz apenas audible:

—Filántropa… no está… ¿dónde se habrá metido?

María recordó a Dileana: *Sorpresa:* ¿De veras no te
dije que iba a invitar a Rolando y a Claudia? *Mordida
en labio inferior:* ¿Me lo juras? *Voz apenas audible:* Lo
siento… pero… *Salida graciosa que Gaby todavía no
dominaba:* A ver, ¿dime que íbamos a hacer tú y yo
solitas frente al mar?

—¿Por qué no me contestas? ¿Se pone o no celosa
tu mamá de…?

—No se llama mamá. Se llama Felicia. Y Felicia
dice que no es mi mamá.

Gabriela jaló las correas de la bolsa y se la colgó
del hombro antes de salir del cuarto. María pensó:
«Mira qué digna la princesa… se ha ofendido porque
hay un guisante en la cama». De todos modos, temió
que se hubiera ido a quejar o que se quedara a dormir
en los sillones del corredor.

Cuando por fin Gaby regresó con la pijama
puesta, María respiró con alivio. No cruzaron más

palabras pero la luz del buró estuvo encendida hasta
que Gaby se durmió.

NIÑOS QUE BRACEAN
EN LA CAMA

No fue sino hasta la segunda noche cuando María
comenzó a detestar a Gabriela. Rolando, Dileana y
Claudia se habían ido a tomar una copa y a bailar a la
zona hotelera. María decidió quedarse pues durante
la mañana se había metido sola al mar y las olas en
un momento inesperado la revolcaron con violencia.
Dileana le dijo: «Mira, Mariqui, tú dirás que soborné
al mar para que te sacara de la jugada, pero ni modo
de dejar sola a Gabriela… Si de todos modos tú no
vas a salir, pues ahí se echan un ojito las dos».

María estaba desnudándose en la habitación
cuando llegó Gaby a acostarse. «¿Y tú qué miras?»,
le habría dicho a la niña de no ser porque aquella
mirada, llena de asombro, transpiraba también admiración.

—¿Le gustan las tortugas a él? —dijo Gabriela
en un tono aflautado.

—¿A él?… ¿A quién?

—A tu niño… ese que llevas en la panza.

—No lo sé. Cómo saberlo si todavía no nace.

—Ah…

María se puso el camisón y se metió bajo las
sábanas. Gabriela hizo lo mismo. Pasaron unos

minutos en silencio. María estaba por apagar la luz cuando escuchó a sus espaldas.

—No entiendo… Si lo llevas dentro, ¿por qué no puedes saber lo que le gusta?… Mejor, ¿que tal si te enseño a Filántropa y cierras los ojos y le preguntas si le gusta?

Gabriela se levantó de un brinco y se dirigió al clóset. Regresó con Filántropa. El pobre animal había viajado todo el tiempo en la bolsa de campamento donde Gaby guardaba también tres mudas de ropa, su traje de baño, una lata de crema Nivea, sus dos cuadernos de ejercicios del año que estaba repitiendo, y una bolsa pequeña de plástico donde cargaba lápices de colores y unas hojas de lechuga ya pardas, con las que alimentaba a la tortuga.

María se incorporó de medio cuerpo. Observó al animal salir de su caparazón y olisquear la palma de Gaby.

—Pregúntale… —suplicó Gaby de nuevo con voz aflautada.

María cerró los ojos. La piel fláccida y rugosa de la tortuga persistía en la oscuridad. La imaginó sin caparazón: inerme, un ajolote con la carne viva expuesta, hasta el roce del aire debía de dolerle. Apretó el ceño.

—¿Te dijo algo?

María volvió a recostarse. Permanecía con los ojos cerrados cuando agregó:

—No, no nos gustan las tortugas a ninguno de los dos.

Son poco más de las tres de la mañana. María se despierta con un peso desconocido sobre su vientre. Tan fuerte y molesto que casi raya en el dolor. Comienza por tantearse y descubre la causa: un objeto menudo y alargado. Increíble que el simple brazo de una niña pueda pesar tanto. María imagina a su hijo, esa pequeña salamandra en formación que ilustraban los cuadros en la antesala del ginecólogo: «Tal vez ni pueda respirar… Y todo por la manaza de uñas negras de envidia de Gabriela». De un impulso, arroja el brazo de la niña sin importarle que esté articulado a un cuerpo. Gabriela lanza un grito agudo y cae de la cama. María escucha sus gemidos suaves desde el suelo y espera a que vuelva a subirse. Pasan segundos; luego dos, tres minutos. María se asoma al borde de la cama; se le cruzan los sentimientos al descubrir en un ovillo a Gabriela dormida.

BAÑO CON VENTANA AL MAR

Meterse por fin al baño que Dileana y Rolando han acaparado en la distribución de las habitaciones. María aprovecha estos minutos en que todos —incluso Gabriela— se han ido a rentar una lancha pues Claudia les ha prometido darles clases de buceo. Es agradable saber que el mar está al otro lado de la terraza, sentir el calorcillo que comienza a depositarle gotitas de sudor alrededor de la boca, en las axilas, en la entrepierna. Camina desnuda desde su

cuarto hasta el baño de la alcoba. Al entrar, el espejo
le devuelve una mirada indiscreta: una curva fina
en el vientre, como si alguien la estuviera puliendo
desde el interior. También, una línea oscura, tendida hacia el triángulo del pubis, conforma una
flecha, ¿hacia dónde? María se abisma en una mirada
de ecos y laberintos donde su sangre golpea dimi-
nutas costas de membranas celulares. Embotada,
no alcanza a preguntarse: «¿Es así como un cuerpo
empieza a desconocerse y a olvidarse?». Pero sí llora
al tocarse el vientre ajeno. Desearía que Javier estuviera a su lado, que volviera a decir como ayer por
teléfono: «Bueno… está bien. Si te da tanto miedo,
pues no lo tengas. De todos modos no voy a dejar
de quererte».

María entra por fin a la regadera. Una ventana
grande y sin vidrios la acerca al mar. Alza los brazos y
juega con el chorro de agua mientras escucha tras de
sí la respiración fuerte y acompasada. «Nunca pensé
que el mar fuera un hombre…», se escucha repetir
pero no puede precisar el recuerdo. Vuelve el rostro
y descubre una embarcación de flamante vela ama-
rilla. Entorna los ojos: un hombre la observa desde la
cubierta del velero. La ventana es lo suficientemente
grande como para que el hombre le haya visto el torso
desnudo. María se cubre de inmediato los senos. El
hombre continúa observándola y María cree adivinar
en el movimiento de sus labios una súplica: «No…»
Entonces toma el jabón y, mientras mira de frente al
hombre del velero, se acaricia el cuello, los hombros,

los brazos, las axilas, ambos senos, la cintura; luego, baja las manos a la región del pubis. Curioso imaginarse con los brazos ocultos tras la barrera de ladrillos, hurgando lo que la mente del otro desee hurgar. María se atreve a pensar: «¿Qué hay de malo en que me vea?». Entonces: «Va a decir que soy una puta…». «Como si no supieras que todas lo somos…». «Pero voy a tener un hijo…». «¿No es caliente como el sol su mirada?…». «Amo a Javier y…». «¿Y…?». «¿Y si se baja del barco y viene a buscarme?».

En ese momento María repara en los otros dos hombres que, al parecer, se encargan de dirigir la embarcación. Descubre que llevan tiempo mirándola y que de seguro la han visto acariciarse para el otro. María no mira el deleite en la mirada de sus espectadores. Sólo piensa: «Deben de estar pensando que soy una puta». Y se esconde tras la pared de ladrillos, como meterse bajo la cama, como ocultarse en el desván. Cuando se atreve a salir, el velero es un punto blanco en el horizonte.

PUESTA DE SOL EN LA PLAYA

—Escucha, María, aquí dice que las embarazadas sudan deseo por la piel —dijo Dileana mientras extendía sobre la mesa la revista que estaba leyendo—. Es un asunto de hormonas muy complicado.

—O sea que… —irrumpió Claudia—, en pocas palabras, las embarazadas son unas calientes.

María observó los lentes oscuros que traía puestos Claudia. Un paracaídas y el reflejo destellante del sol sobre el mar se daban cita en la superficie del vidrio ahumado.

—¿Qué opinas de eso, María? —preguntó Rolando al tiempo que le indicaba al mesero otra ronda para la mesa.

María hundió un pie en la arena, se acomodó el tirante del traje de baño y luego tomó el agitador entre sus dedos índice y medio y le dio dos vueltecitas al líquido color naranja de su vaso.

—Con este desarmador tengo para toda la tarde; de hecho, no debería tomar ni una gota de alcohol. Mmm… Y sí… cuídate, Rolando, las embarazadas somos perras en celo y eres el único hombre en tres metros a la redonda.

Todos rieron. Llegó por fin el camarero con las bebidas. Dileana se apresuró a tomar el desarmador de María.

—Ya no más, prima. ¿Qué tal si a la mera hora sí te animas a tenerlo? Aquí dice que el alcohol es terrible para los fetos.

—¿Y desde cuándo te preocupas por mí y por mi hijo? —María adelantó el cuerpo hasta la orilla del asiento y quedó de cara a su prima.

Dileana se sumergió entre las páginas de la revista. Rolando contemplaba el mar. Claudia rompió por fin el silencio.

—¿Por qué no seguimos hablando de la calentura de…? Miren quién viene ahí.

Era Gabriela —tortuga en la palma de la mano— acompañada de dos niñas rubias. Se dirigió a Dileana.

—Que si me das permiso de irme a dormir a su hotel...

Las otras niñas observaron a los de la mesa. Una se quedó mirando los platos con desperdicios de camarón y ostiones. La otra, más grande, permaneció con la mirada fija en María. A su vez, María reparó en ella y la miró interrogante.

—Se dio cuenta que tienes un crustáceo en la panza —dijo Claudia mientras rozaba con la mano el vientre de María.

—Pero no está viendo mi panza.

—No necesita vértela. Los niños son increíbles para intuir cosas.

María observó a Gaby. Por un momento se preguntó si aquel ardid para no dormir en el *bungalow* tenía que ver con ella. Antes de alejarse con el par de niñas, Gaby miró a María con el rabillo del ojo. María dijo para sí: «Cenicienta en camino del palacio del príncipe», pero la verdad es que temblaba de rabia.

—Y bien, ¿qué hacemos de nuestras vidas? —preguntó Rolando. Había acomodado su silla de tal manera que se hallaba frente al mar—. Podríamos no hacer nada y continuar aquí hasta que oscurezca o cierren el restorán.

—Mejor vamos a vestirnos para ir a bailar —dijo Dileana cerrando la revista—. Aprovechemos que esta noche estoy libre.

—¿Y si hacemos una fogata? —añadió Claudia—.

Yo me encargo de conseguir todo lo necesario, es más, hasta los bombones.

—Esas cosas no las hice ni cuando tenía quince años. Menos ahora que tengo más del doble. Mejor, vámonos a bailar —insistió Dileana.

—Pero Dileana… En realidad no creces. Con mi tío tenías los mismos pleitos. Toda la vida querías ir a bailar.

—Pues yo apoyo la moción de Claudia —intervino Rolando—. Y mientras ella va a conseguir las cosas de la fogata, bien podríamos gozar esta puesta de sol. Miren esos tonos rosados y el mar que comienza a incendiarse.

Dileana los observó de hito en hito. Al acomodar Rolando su silla, había formado un grupo aparte con Claudia y María.

—Ándale, prima. Préstale las llaves del coche a Claudia. Vamos a ponernos tontos con una fogata, y no imbéciles en una disco. ¿Qué no ves que allí sí van puros escuincles?

—Tú, cállate. Todavía soy mayor que tú.

Rolando y Claudia cruzaron miradas entre sí.

—Pues deberías recordarlo para otras cosas… Por ejemplo, para cumplir lo que prometes.

—Pues tú tampoco cambias. Toda la vida te la has pasado reclamándome. ¿Qué no ves que apenas puedo con mi alma?

—¿Y Gabriela qué…? No me digas que firmaste un contrato para hacerte cargo de ella, o cosa por el estilo?

Rolando se levantó de un brinco. Tomó a Dileana de la cintura y comenzó a alejarse con ella. Mientras se dejaba llevar, Dileana musitó al borde del llanto:

—Pero qué le pasa… Yo no soy su mamá. ¿Qué no entiende que no puedo?

PECES QUE NADAN
A CONTRACORRIENTE

El *bungalow* se hallaba a media hora de camino. Podrían ir sorteando el ribete de las olas en vez de tomar un taxi en la carretera. Iban en silencio pero Claudia no perdía oportunidad para divertirse: pegaba carreras para pisar la espuma de las olas, rescataba pedazos de madera moldeados por el mar, recolectaba conchas y piedrecillas. Hubo un momento en que se atrasó pero María no se dio cuenta sino hasta que la oyó gritar:

—María… María… ven.

Con la escasa luz de una luna creciente, María alcanzó a vislumbrar a Claudia cerca de un promontorio con un bulto en las manos. Al aproximarse, el bulto cobró forma: era un pájaro. Maltrecho, con arena hasta en los ojos, parecía como si se hubiera puesto a cavar su propia tumba en la playa.

—Tiene un anzuelo trabado en el pico. Mira… Tenemos que sacárselo.

María se estremeció al ver la punta que traspasaba la mandíbula inferior del animal.

—Y… ¿qué esperas que yo haga?

—O me lo detienes para que yo se lo saque, o se lo sacas tú.

—No… mejor sácalo tú.

Claudia estudió entonces la trayectoria del anzuelo y probó a jalarlo. El pobre animal se agitó entre las manos de María. Su mirada entre perdida y temerosa se fijó en ella cuando Claudia realizó el segundo y último intento. Por fin el anzuelo salió libre.

—Mira nomás… —dijo Claudia luego de limpiar la punta en la tela de sus bermudas—. Si este animal se salva después de todo, te juro que hay que guardar esto como amuleto.

Mientras tanto, el pájaro probaba a acomodar el pico. María lo puso en la arena y, no sin reparo, intentó sacudirle un poco de la que tenía en el cuerpo. Claudia también se arrodilló.

—Y ahora qué… ¿nos lo llevamos al *bungalow*? —la voz de María sonó aflautada.

—No, mujer, qué te pasa. Ya hicimos lo que pudimos, ahora le toca a él.

—¿Y si se muere?

—… Pues se murió —los hombros de Claudia se alzaron en un gesto de impotencia—. O qué, ¿tú te haces cargo y le buscas una jaula y lo llevas al veterinario? No, no, para qué te lo sugerí, ya lo estás pensando, y luego la loca de Dileana… va a querer llevárselo a México… Entiende una cosa, María, estamos de vacaciones, se ayuda en lo que se puede y nada más. Adiós, señor don Pajarraco —Claudia se dirigía ahora al animal—, luego nos escribe cómo le fue y se cuida. Fue un placer...

María sonrió. La figura de Claudia se recortaba contra el océano. La luz lunar le daba de costado y le ensombrecía el resto. María pensó: «Parece una roca. No cualquier mar la mueve...». Y tuvo el impulso de tocarla, de ver si era de verdad o un encantamiento. Extendió la mano y la roca cobró vida. Antes de que pudiera arrepentirse la sonrisa de Claudia estuvo ahí, acentuando la curva de sus mejillas en las que, por primera vez, reparaba —después, al morderlas, pensaría: «Nunca creí que fueran tan carnosas».

Claudia comenzó por besarle la nariz y los ojos. Cuando descendió a sus senos —era tan fácil apartar la tela elástica del traje de baño—, María se estremeció: jamás se había imaginado a una mujer prendida a sus pechos... «Azúcar», dijo Claudia mirándola desde abajo. Luego, le tomó una mano y la hizo que se tocara el pezón. Cuando María se llevó los dedos a la boca, un sabor desconocido fue surgiendo en su interior: sal y después, sí... miel con ese dejo acre de la fruta que aún no ha madurado.

«Es que no podemos», titubeó María al sentir los labios de Claudia en su vientre, «estamos en la playa... alguien puede pasar». Claudia sonrió y la llevó al pie del promontorio. Recostada en la arena tibia, María alcanzó a ver que el pájaro batía las alas para quitarse la arena. Las manos de Claudia la hicieron regresar a su cuerpo, a la suave curva de su vientre donde aquellos dedos la prodigaban de caricias tiernas. María pensó dos cosas casi simultáneamente: *Una:* «¿Qué estará haciendo Javier?»; *dos:* «Qué manos... Es como si nos acariciara a mí y al bebé al mismo tiempo...». Entonces recordó los peces de su sueño, todo aquel banco que era como un cuerpo que le acariciaba el vientre. El pecho de Claudia descansaba, en parte, sobre su cintura. Oblicua, Claudia había buscado la mejor posición para no incomodarla. María sintió el calor que manaba de su cuerpo. La respiración de Claudia se perdía entre el romper de las olas. María no pudo escuchar su propia respiración: la cercanía de ese cuerpo inofensivo la sedaba, como si alguien, por fin, hubiera atendido el llanto de esa niña que llevaba dentro. Y esa niña quería más caricias para ella y para la salamandra que no se decidía a adoptar. Y Claudia tampoco se detenía. Sus manos eran peces jabonosos a contracorriente de su cuerpo.

CUANDO LOS DELFINES
ROMPAN EL HORIZONTE

«¿Por qué la gente se obstina en deshacer sus sueños en vez de habitarlos?», habría sido una buena pregunta que formular a María de no ser porque saltó de la cama y se fue directo al sitio donde Gabriela guardaba su bolsa de campamento. La verdad es que seguía odiando a la niña ¿No le había bastado con la vez que la tiró de la cama? ¿No era suficiente con encontrar sus sandalias rotas con tijeras y el castigo que le impuso Dileana pues creyó que Gaby misma las había cortado? ¿Por qué no se le ocurría otro pretexto para dormir fuera del *bungalow* en vez de ese silencio de las mañanas cuando se cruzaban camino al baño o a la cocineta? Total, para lo que faltaba de las vacaciones (hasta Dileana le había pedido que zanjaran el problema: «Mira, Mariqui, no puedo decirte por qué pero no tienes razón. De todos modos, estamos en el mar y tú estás embarazada… ¿No podríamos hacernos la vida más ligera?»). Qué diferencia con Claudia, con ella sí se podía hablar, decirle que lo que había sucedido entre ellas no iba a repetirse. Y Claudia había esperado a que Dileana y Rolando se metieran al agua para acariciarle el vientre por encima del traje de baño: «Pues si no te animas otra vez, qué lástima. Fue tan sabroso…» Pero con Gabriela, no, ni una palabra, sólo el brazo terco en aplastarle al hijo y, en los últimos días, la cabeza de Gaby buscando su regazo.

Por eso, mientras llegaba el momento de la partida, había que hacer algo, tantear en la penumbra el fondo de la bolsa de Gaby y descubrir el cuerpo blanduzco de Filántropa parapetándose en su concha. María hubiera querido también enconcharse, retraer la mano y sacudirla para liberarse de la sensación gelatinosa que le provocara la piel de la tortuga. Por qué no si, a fin de cuentas, el odio-roca se resquebraja: «¿Y si Gabriela le pidió a Dileana que la dejara dormir conmigo?» María reúne todo su coraje para meter de nuevo la mano a la bolsa y tomar a Filántropa del caparazón. Luego, se encamina a la terraza. Con la tortuga entre sus pinzas índice y pulgar, observa el horizonte en penumbras (apenas una franja oscura distingue el mar del cielo). Abajo de la terraza, sólo peñascos: el cementerio anónimo y perfecto para estrellar su rabia. Ni el rumor potente del mar, ni los resabios frutales de su sueño, logran detener su mano pinza de tortuga para asomarse al vacío. Pero María sabe —algo dentro de ella lo sabe— que su odio carece de sentido porque vengarse de esta forma de Gaby es como meterle una zancadilla a la gallina ciega que alguna vez fue ella cuando niña y todos la mareaban con tanta orden contradictoria de dónde pegarle la cola a la burra vida.

De pronto, se recuerda embarazada y piensa: «No sólo de sangre se alimenta mi salamandra. También come de mi odio y de mi amor... de esta mano que sostiene a Filántropa o del platito cargado de cerezas...». María se detiene: «¿Cuáles cerezas?», pero un piar *in crescendo* la distrae: «Veamos —empieza otra vez—, ¿en una película? No... ¿en el libro que he estado leyendo... o el sueño que alguien me ha contado... tal vez un sueño de Javier?... No, creo que era mío y yo estaba en el mar... y un monstruo que en realidad era un banco de peces... y un hombre maravilloso que me besaba y yo era feliz... También me ofrecía un platito lleno de cerezas...».

Un ruido a sus espaldas la hace temblar y por poco suelta a Filántropa. Es Gabriela. «Clop», suena en el interior de María el miedo de imaginar a la tortuga despanzurrada ante sus ojos. ¿Qué es lo que dicen esos ojos de Gaby fijos en María? De pronto sólo se oye el mar como un eco. La luz, temerosa y furtiva, se va abriendo las faldas desvergonzada… En unos instantes todo cobra límites y formas, incluso los gorjeos de los pájaros vuelven a escucharse. El corazón de María late de prisa: «Este instante es único… tal vez no tenga otra oportunidad». Puede sentir el bulto que comienza a pesar en sus entrañas; también el cuerpo tembloroso de Filántropa escondido hasta las uñas en su caparazón… Con la mirada de Gaby, que por fin le hace frente, recuerda una vez más las cerezas, las manos a contracorriente de Claudia conociéndola como ningún hombre —ni siquiera Javier— la ha conocido; también recuerda a su madre y a Dileana: esa ansiedad por esconderse en el caparazón porque el simple roce del aire las lastimaría.

María se vuelve hacia el horizonte. Qué de juegos juega la luz sobre las olas. Un ropaje luminoso para vestir la mirada. Pero, ¡hey, alto! Estas olas no son normales, brincan y rompen el horizonte. María deposita a Filántropa en el pretil del balcón y otea el mar. De pronto, descubre la verdadera forma de las olas: un manto de delfines juguetones bordean el límite del mar y el cielo, y lo hacen uno.

—Anda —le grita a Gaby—, ven a ver los delfines.

Gabriela salió de su concha, llegó al balcón y se puso de puntas. Entonces María la cargó y la hizo sentarse a un lado de la tortuga.

—Agárrala muy fuerte —le dijo mientras ella misma sujetaba a Gaby por la cintura—. Por nada del mundo se vayan a caer.

Gabriela tomó a Filántropa y la acurrucó en su vientre. Luego la alzó para que la tortuga también pudiera divisar el manto de delfines.

—Mira… —dijo Gabriela, dirigiéndose a la tortuga—. Son tus parientes.

María ya no pudo pensar: «Lo que yo veo, mi salamandra puede verlo. También a ella —o a él— puede llegarle el perdón». Sonrió cuando Gaby le dijo:

—Nunca había visto tantos delfines… Es más, nunca había visto un delfín.

—Pues yo… —reconoció por fin María— nunca había visto el mar.

CALDO LARGO
DE COLA DE SIRENA

Ingredientes:

1 sirena, vivita y coleando
agua de mar
1 jitomate
1 cebolla
4 dientes afilados de ajo
hierbas de olor
culantro muy picado

Sabido es que el pez por la boca muere,
pero a la sirena hay que pescarla con
un anzuelo en el que habrá de
disponerse un peine de
ámbar. Una vez que
la haya reservado
en la pileta de la
cocina, cuídese
de mirarle la
punta de la
aleta caudal,
o
de lo contrario,
nunca llegará
a preparar
el delicioso
caldo de
cola de
sirena

*

DESPUÉS DEL PARAÍSO 9

EN UN VAGÓN DE METRO UTOPÍA 15

PRÓXIMA VISITA A FLORENCIA .. .. .29

UN HOMBRE TIENE LA EDAD DE LA MUJER QUE AMA .. .. .. .41

RAMILLETE DE VIOLETAS 55

ALTURA INADECUADA .. .. .61

EN UN RINCÓN DEL INFIERNO .. .. .63

TU BELLA BOCA ROJO CARMESÍ 79

ANIMALES QUE MUDAN DE PIEL .. .. .85

LAGARTOS Y SABANDIJAS .. .. .97

TURBIAS LÁGRIMAS DE UNA SIMPLE DURMIENTE 121

UNA RELACIÓN PERFECTA 131

UNA ADVERTENCIA Y TRES MENSAJES EN EL MISMO CORREO 133

AMORANSIA 141

FLOR DE SANGRE 159

SU VERDADERO AMOR 163

CUANDO MARÍA MIRE EL MAR 181

CALDO LARGO DE COLA DE SIRENA 211

Amor y otros suicidios de Ana Clavel
se terminó de imprimir y encuadernar en marzo de 2012
en Programas Educativos, S.A. de C.V.
calzada Chabacano 65 A Asturias DF-06850